语言的牢笼

海勒小说的福柯式解读

金灵 著

敦煌文艺出版社

图书在版编目（ＣＩＰ）数据

语言的牢笼：海勒小说的福柯式解读 / 金灵著. --
兰州：敦煌文艺出版社，2023.12
ISBN 978-7-5468-2485-7

Ⅰ. ①语 … Ⅱ. ①金 … Ⅲ. ①海勒(Heller,
Joseph 1923-1999)－小说研究 Ⅳ. ①I712.074

中国国家版本馆CIP数据核字(2023)第248852号

语言的牢笼：海勒小说的福柯式解读

金 灵 著

责任编辑：张家骝
装帧设计：马 佳

敦煌文艺出版社出版、发行

地址：(730030)兰州市城关区曹家巷1号新闻出版大厦

邮箱：dunhuangwenyi1958@163.com

0931-8121698(编辑部)

0931-8773112   0931-8120135(发行部)

三河市龙大印装有限公司印刷

开本 710 毫米×1000 毫米   1/16   印张 10   字数 130 千

2024 年 4 月第 1 版   2024 年 4 月第 1 次印刷

印数 1～3 000

ISBN 978-7-5468-2485-7

定价：68.00 元

目录
CONTENTS

目录
CONTENTS

第一章 引言

　　本书是对约瑟夫·海勒最具影响力和知名度的小说之一《第二十二条军规》中的人物的研究。本书根据福柯的话语权力理论，分析小说中主要人物的人生遭遇和生存困境，揭示以"第二十二条军规"为代表的规训话语是怎样和权力勾连，形成一个巨大的权力网络，使个体一步步丧失主体性，沦为权力互动关系的牺牲品的。从表面看，"军规"下建立的森严的等级制度赋予了上位者压榨奴役下位者的权力，实际上，"军规"所代表的规训化力量，成功束缚了所有人，消除了每个人的自主性和自我意识，塑造出符合某种标准的所谓"合格品"和"规范品"。失去自由的个体，怎样才能摆脱"权力话语"的束缚，实现主体性的重建呢？小说结尾主人公约塞连的逃离，或许会给我们一些启示。

1.1 海勒和《第二十二条军规》

　　约瑟夫·海勒（Joseph Heller, 1923 年 5 月 1 日—1999 年 12 月 12日）是美国 20 世纪著名的小说家。海勒出生在纽约最动荡、最危险的布鲁克林社区，附近就是一个著名的游乐场。混迹在游乐场形形色色的游客和奇装异服的小丑之中，海勒学会了很多街头技巧，而这些技巧后来帮助他形成了黑色幽默的写作特色。他的父亲艾萨克·唐纳德是一个信奉不可知论的犹太人，一个积极的社会主义者。他在俄罗斯革命期间逃离沙俄，举家来到美国。在第一个女儿西尔维娅出生后不久，他的第一任妻子去世了。三年后，他与海勒的母亲丽娜结婚。丽娜作为俄罗斯移民，几乎不懂英语。海勒五岁时，艾萨克死于一次失败的手术。几年后，海勒对父亲的去世发表了评论。他说直到很久以后才意识到这件事有多痛苦。更糟糕的是，没有人告诉他发生了什么，他的父亲就这样消失了。由于担心他会受伤，参加葬礼的人都很宠爱他，给他糖果，并试图让他开心。派对式的葬礼给了他"物质和表面之间的差异感"（王祖友，2009:21），并使死亡成为他小说中挥之不去的形象。在《第二十二条军规》中，主人公的飞行伙伴之一斯诺登的死亡场景是小说中反复出现的场景之一，正如海勒在采访中所说："斯诺登的死贯穿了整部《第二十二条军规》。"

父亲"失踪"后不久，大萧条袭来，经济萎靡、失业率上升。相处数年的老邻居可能有一天会突然失去房子并流落街头。这都给海勒童年的生活增添了新的担忧和不确定性。这种不确定性在海勒的小说中得以宣泄。例如，在《第二十二条军规》中，我们可以充分感受到一个人位置的不稳定：约塞连的飞行任务不稳定，危及生命；牧师塔普曼不断地重复似曾相识的经历，想象着他家人的各种死亡场景；等等。更重要的是，正如王祖友所指出的，"大萧条让海勒目睹了社会秩序消失的影响"：

在大量人的贫困、羞辱和痛苦中，大萧条暴露了世界组织方式所产生的人类混乱。海勒对社会及其秩序体系的错误和荒谬的敏锐认识，以及他对许多社会和政治趋势的悲观看法，可能源于他对大萧条的经历。就像他父亲对俄罗斯既定统治政权的政治叛乱一样，海勒在小说中的讽刺经常冲击世界的社会和政治秩序。他的反英雄们想尽一切办法避免被军队、企业、行政和宗教等机构所困和压制。（2009）

父亲去世后，海勒和母亲、同父异母的兄姐生活在一起，生活更加艰难。中学毕业后，为了生计，海勒先后当过邮差、造船厂的助手以及保险公司的临时工。因此，他对美国下层社会中的失业、贫穷、饥饿等生存困境有深刻的认知和体会，也对某些底层女性的悲惨命运有所见闻和同情。这都对海勒以后的文学创作产生了影响。

1942 年，19 岁的海勒成为美国陆军航空兵。两年后，他被派往意大利前线，在那里他作为 B-25 轰炸机的投弹手执行了 60 次作战任务。这段战争经历为他后来的写作，尤其是《第二十二条军规》提供了丰富的素材，其投弹手的身份也被安在了小说主人公约塞连身上。

战后，海勒在南加州大学和纽约大学学习英语。1949 年，他在哥伦比亚大学获得了英语硕士学位。毕业后，他在牛津大学圣凯瑟琳学院做了一年访问学者。当时"新批评"盛行，托马斯·斯特斯·艾略特的作品，尤其是他的代表作《荒原》，在很大程度上启发了海勒。事实上，《第二十二条军规》的结构"从根本上来说是由海勒从《尤利西斯》《荒原》和《芬尼根守灵夜》中多方面借鉴而成的"。（乔恩·伍德森，2001）海勒有时甚至直接借用《圣经》和莎士比亚作品中的词语和表达方式。例如，对科弗利少校在食堂用餐场景的描写是借鉴了《旧约·出埃及记》里的情节；在目睹了斯诺登那被炸穿的腹腔中的内脏器官之后，约塞连发表的极富存在主义哲学含义的感慨，是套用莎士比亚《威尼斯商人》中的人物夏洛克的话。

海勒在 20 世纪 50 年代离开了大学。斯蒂芬·W. 波茨给我们生动地描述了当时的美国：

在从第二次世界大战的经济后果中吸取了重要教训后，美国为冷战做好了准备。冷战在海外的韩国和柏林进行，在国内的好莱坞、国务院、学术界和其他任何地方进行。参议员约瑟夫·麦卡锡和右翼势力怀疑左翼的存在。这是一个诱饵和黑名单的时代，而公众通过转向那个时代的另一个伟大的技术奇迹，来缓解炸弹不断增加的事实。艾森豪威尔将军在白宫，他的国防部部长，也是前通用汽车公司总裁查尔斯·威尔逊向众人宣布"凡是对国家有利的，就对通用汽车公司有利，反过来也是如此"。（1982）

1953 年，在美国经济巨头与政治活动联系日渐紧密的环境中，海勒开始创作《第二十二条军规》。这部小说以第二次世界大战中的皮亚诺萨岛为背景，描绘了一群被"第二十二条军规"建立的官僚军事体系困住的军官。这条军规伪装成真理和正义，确立了森严的等级制度，明确了下级对上级的绝对服从。小岛上驻扎的中队承担了空中运输和轰炸任务，配合陆军与德国军队展开较量。面对德军高射炮密集的火力，每次执行任务就是一次与死神的较量，其风险可想而知。但比这更恐怖的，是军队内部的官僚作风和相互倾轧。例如，为了向上级表明自己的能力，中队最高长官卡思卡特上校不断增加中队飞行任务，中队成员一次次暴露在高射炮的包围中，士兵的生命成为军官"向上爬"的筹码；中队成员米洛凭借聪明的头脑和食堂司务长的职务，挪用军费组建商业卡特尔，贿赂上级免除飞行任务，大发战争财。在看透了上级军官的腐化虚伪和权钱交易之后，小说主人公约塞连——一个典型的"反英雄"式人物，更喜欢在医院里度过大部分时间，假装患上各种疾病，而不是像传统英雄一样对上级命令言听计从，英勇执行飞行任务。就算不得不执行任务，约塞连也是阳奉阴违，"从不关心炮弹落在了哪"（《第二十二条军规》,309 页）。在飞行伙伴内特利死后，恐惧不安的约塞连甚至拒绝再执行任何飞行任务。他远赴罗马，试图拯救内特利当妓女的妹妹，却目睹了人类的各种邪恶。在因擅离职守而被罗马巡逻宪兵逮捕后，他面临着上级官员提供的选择：要么面临军事法庭审判，要么对他的官员"说一些好话"（《第二十二条军规》，426 页），然后被光荣地遣送回国。在受到同伴奥尔的启发后，他选择了另一条出路，决定逃离军队，远离"军规"所构筑的权力网络，逃到中立国瑞典，重塑自己的独立性和自主意识，为自己掌控自己生活的未来而奋斗。

《第二十二条军规》出版的 1961 年正值"越战"爆发，第二次世界大战在美国民众心中留下的道德感和正义性并没有延续到越南战争中去，加入这场战争的必要性和真实意图被广泛质疑。随着战事的胶着和伤亡人数的增加，人们对战争的厌恶感也越来越强烈。现实与艺术发生的奇妙关联增加了美国民众对这部反战小说的接受度，推动了这部小说在美国的流行。正如海勒自己在小说序言中所说的那样，"终于看到了这本书开始流行，平装书几十万几十万地印。具体讲，最初发行三十万本之后，他们又回头在（1962 年）9 月和年底之间重印了五次，其中 10 月和 12 月各重印两次，到 1963 年底，本书已经印刷了十一次"（海勒，1994）。

1.2 海勒小说中的"二维人物"

传统小说中的人物是对现实生活人物的模仿。随着后现代文学和解构主义批评的兴起，传统的小说表现手法受到了压力，正如艾伦·普拉茨所指出的：

> 冯内古特、巴特、品钦和海勒小说中滑稽的二维人物不仅说明他们的作者背离了现实主义，而且也表达了作者对生活越来越受到非个人力量控制这一现象的沉思。（1993）

《第二十二条军规》是一个充满"二维人物"的画廊，里面的人物都是因为一两项突出到荒谬的特质而被读者所知。卡思卡特上校是一个雄心勃勃但易自我怀疑的人物，他对加官晋爵的迷恋造成了小说中众人的无尽痛苦。具有讽刺意味的是，卡思卡特本人也被一种未知的力量所困——无论他多么努力，这种力量都会阻止他的晋升。克莱文杰毕业于哈佛大学，是一个"被过度教育"（《第二十二条军规》，34 页）的人，只能无意识地模仿并认同权威的话语。阿尔德瓦上尉，更广为人知的名字是阿费，其邪恶程度和卡思卡特上校不相上下。他崇拜权势和金钱，只是为了个人私欲就强奸并谋杀了一个无辜的意大利女佣。王祖友教授认为，海勒"二维人物"的使用巧妙地对应了战后虚无主义情绪的蔓延。"人类是虚幻和有问题的，就像宇宙是荒谬和不确定的一样"（2001）。依据王祖友教授的总结，使用"二维人物"的另一个效果是暂停了正常生命的生死过程。出现在《第二十二条军规》中的人，往往被作者故意模糊了他们特定的个人背景介绍，其目的就是强调个体被权力话语规训和异化后，变成了无脸的战争机器，失去主体性和自我意识，唯一的任务就是服从命令和杀人。

小说人物的另一个特点就是他们的名字。在海勒笔下，小说人物的性格和各自名字高度吻合，体现了寓言式的幽默感。例如，内特利（发音类似英文词 natal，分娩的）是一个深受家庭教育影响的、单纯的理想主义者，阿普比（发音类似英文词"妈妈"和"苹果派"）是信奉传统价值的典型美国男孩，阿费（发音类似英文词"不道德"或者"小狗狗"）为了个人私利罔顾他人生死；明德宾德（发音类似英文词"头脑受缚者"）用资本主义道德束缚他人和自己，沙伊斯科普夫（发音类似英文词"傻瓜"）将生活的全部都放在阅兵——这一军队消遣上。小说中的"坏人"是完全的、行为可以预测的"二维人物"，如卡思卡特上校，所有决定都是为了"往上爬"；米洛，一切行动也都是为了攫取利益。与此相对，小说中相对积极的、因受迫害而被读者同情的人物，如梅杰上校和牧师，则在属于"二维人物"的、看似可笑的举动中，透露出了作为真实的人的深度。

1.3 文献综述

1.3.1 美国的海勒研究

1.3.1.1 海勒小说

海勒一生出版了一本短篇小说集、两本自传、六部戏剧和电影剧本以及七部小说。作为 20 世纪美国重要的作家之一和后现代主义文学思潮的代表，海勒极大地促进了黑色幽默的繁荣，并引导文学创作从现代主义转向后现代主义。与威廉·福克纳和他的"约克纳帕塔帕县"一样，海勒也创造了一个属于自己的文学世界——在那里，官僚权力的过度使用对个人主体性的发展构成了严重威胁。他的畅销书包括《出事了》（1974）、《像高尔德一样好》（1979）、《天晓得》（1984）、《如此美景》（1988）和《终了时刻》（2000），但他的第一部小说《第二十二条军规》（1961）仍然是他最著名、最受好评的作品。

他的短篇小说大多模仿当时发表于文学期刊的常规故事，因此海勒本人对自己的短篇并不满意，也很少有评论家关注他的短篇小说。然而，《不可儿戏》（1986 年）、《彼时此刻》（1998 年）这两本自传在海勒的文学写作中构成了不可或缺的一部分，为后人研究海勒及其文学作品提供了宝贵的材料。

海勒的名气很大程度上是通过他的小说创作获得的。1961 年，随着《第二十二条军规》的出版和商业上的成功，海勒辞去了麦考尔出版社的工作，全身心投入到写作中。20 世纪 60 年代末越南战争的爆发，以及 1970 年根据这部小说改编的电影的发行，将迎合了公众反战情绪的《第二十二条军规》推向了销售高峰。

海勒花了十三年时间创作了他的第二部小说《出事了》，作为《第二十二条军规》的姊妹篇，但两者实际的联系并没有作者预想的那样强。《出事了》的出版受到了极大的关注。许多学者给予其高度评价，认为它在主题和写作技巧上都是一本比《第二十二条军规》更好的书。然而，大多数普通读者都感到沮丧，因为《出事了》在语气和主题上与《第二十二条军规》截然不同。在这十三年里，人们对这部小说的不满影响了对海勒晚期作品的评价。再也写不出像《第二十二条军规》那样好的小说的魔咒一直困扰着海勒。

小说《像高尔德一样好》《天晓得》和《如此美景》的出版使海勒受到了比《出事了》更多的负面评价，这进一步强化了之前的咒语。例如，《纽约客》的评论抱怨道："海勒先生试图创作题材广泛的黑色喜剧，但他只做到了乏味。"（《像高尔德一样好》书评，1979 年 4 月 16 日）（纳格尔，1984）

《终了时刻》是人们期待已久的《第二十二条军规》的续集。20 世纪 90 年代沉迷于《第二十二条军规》的人们，在这部小说的引领下直面人生最后时刻——死亡。大卫·塞德等评论家从主题、语言、结构和写作技巧等方面对这两部小说进行了比较，从而加深了人们对《第二十二条军规》和海勒想象中的文学世界的理解。

在海勒去世后的第二年，也就是 2000 年，最后一部小说《终了时刻》得以出版。在书中，海勒借尤金·波特的口来表达他作为一名成熟的小说家对生活、婚姻和文学的思考。对这本书的批评和赏析也一直是学术界的焦点之一。

人们对于海勒剧作的关注要远远少于对其小说的关注。正如詹姆斯·纳格尔在 1984 年指出的那样，"《我们轰炸纽黑文》、《第二十二条军规》（剧改版）和独幕剧《克莱文杰受审》，只有第一部受到了持续的关注"。

进入 21 世纪，伊拉克战争的爆发和美国不平衡的经济形势使人们再次将目光投向海勒的小说，尤其是《第二十二条军规》。许多评论家认为，伊拉克战争期间的腐败和过度使用权力是《第二十二条军规》创造的荒谬和可怕的文学世界的重演。

有些学术出版物虽然可能被归类为海勒的"一般研究"，但同样值得我们关注。纳格尔为他主编的《约瑟夫·海勒评论集》一书撰写了多达二十多页的引言，科学客观地总结了 1961 年至 1984 年的海勒研究情况。在书中，他列出了两本需要特别关注的重要书籍：约瑟芬·韩丁的《脆弱的人：1945 年以来的美国小说观》和斯蒂芬·W. 波茨的《从这里到荒谬：约瑟夫·海勒的道德战场》。罗伯特·梅里尔是海勒研究的专家，他撰写了许多关于海勒作品类型和结构的评论。1997 年，韦恩州立大学出版社出版了大卫·M. 克雷格的《向死亡倾斜》，重点介绍了海勒的写作技巧，尤其是他的叙事策略。2009 年，桑福德·平斯克修改了他的《理解约瑟夫海勒》（1991）一书，里面加入了对海勒最后一部小说《一位老年艺术家的画像》的评论（纳格尔，1984）。这些书将对海勒的研究推向了更广泛、更深入的方向，为后继者提供了持续不断的灵感源泉。

1.3.1.2 海勒传记

海勒的文学创作很明显受到了他本身生活经历的影响，如他早年在布鲁克林的童年，第二次世界大战期间的兵役经历，以及他在南加州大学、纽约大学、哥伦比亚大学和牛津大学的晚期教育经历，等等，这使得海勒的传记成为学术界研究其作品不可或缺的一部分。然而，正如纳格尔在《约瑟夫·海勒评论集》的引言中指出的那样，《第二十二条军规》出版的二十年间，"没有（有关海勒的）详尽和可靠的传记叙述"。一些支离破碎且往往是错误的信息给研究海勒及其作品带来了不小的困难。为了推进海勒研究，纳格尔在引言中推荐了他在研究海勒时参考的几本传记：1962 年出版的《纽约先驱论坛报》中的一篇早期文章，《美国名人录》《东方名人录》和《当代作家》中的叙述，《200 位当代作家》和《当代传记年鉴》中的评论，芭芭拉·盖博在《纽约时报》上发表的文章《理解约瑟夫·海勒》，理查德·莱汉和杰里·帕奇发表在《明尼苏达评论》上的《第二十二条军规：小说的写作》。

在接下来的二十年里，海勒本人出版了两本自传：《不可儿戏》（1986）和《彼时此刻》（1998）。海勒的最后一部小说《一位老年艺术家的自画像》具有高度的传记性，描写了他对过去岁月的纪念和沉思。

进入 21 世纪，海勒的女儿出版了《约塞连长眠于此》，特蕾西·多尔蒂出版了《只有一个陷阱：约瑟夫·海勒传》。海勒的生活正在逐渐浮出水面。

1.3.2 中国的海勒研究

1.3.2.1 海勒作品的翻译和介绍

在现代西方批评文学的主要潮流中，黑色幽默可能是最早传入中国的文学潮流。早在 1976 年 8 月，中国学者就开始以限制出版的形式介绍海勒的主要作品，并部分翻译了他的《第二十二条军规》（摘译 9 章，10 万字，赵守垠译）和《出事了》（摘译第 1、2 部分，4 万字）。海勒的作品首次进入国内公众视线是在 1977 年，当时《世界文学最新发展》杂志第 8 期介绍了海勒，并称他的《第二十二条军规》是黑色幽默的代表作。1978 年和 1980 年，《第二十二条军规》和《出事了》中译本开始和国内读者见面。

翻译和介绍海勒作品的任务在 20 世纪 80 年代初期和中期继续进行。上海译文出版社于 1981 年出版了《第二十二条军规》的完整中文版，被认为是迄今为止最好的中文版。1984 年 8 月，上海文艺出版社出版了庄海华、董恒一翻译的《出事了》的一部分。因此，国内普通读者开始了解海勒。

介绍和翻译海勒作品的热潮持续到了 20 世纪 80 年代末和整个 90 年代。1988 年，春风文艺出版社出版了《天晓得》的译本。1997 年，上海译文出版社出版了中文版《终了时刻》，即《第二十二条军规》的续篇。进入 21 世纪，虽然对海勒的研究随着黑色幽默研究的沉寂而热度下降，但翻译介绍工作并未停止。2006 年，上海译文出版社出版了海勒短篇小说集《多多益善》的中译本。2022 年，译林出版社翻译完成《一个中年艺术家的自画像》，和《天晓得》《终了时刻》《出事了》《第二十二条军规》一起，组成海勒作品"五部曲"与国内读者见面，为海勒作品的赏析和研究提供了极大的便利。

1.3.2.2 对海勒作品的解读与批评

中国对海勒作品的研究始于 20 世纪 70 年代末。《现代美国文学研究》1978 年第 1 期刊登了国内第一篇有关黑色幽默的论文——王文彬的《黑色幽默试评》。进入 80 年代，对海勒作品的研究逐渐增多。大多数学者将注意力集中在《第二十二条军规》上，分析其对美国社会的辛辣讽刺和笑中带泪的黑色幽默。"黑色幽默""荒诞"和"反英雄"在关于《第二十二条军规》的期刊文章和学术论文中被反复提及。

20 世纪 90 年代，海勒在《第二十二条军规》中所采用的独特写作技巧和风格特征引起了学者们的注意。1995 年，《外语教学与研究》杂志刊登了曹金华的《陷阱中的陷阱——对〈第二十二条军规〉的语用分析》，在奥斯汀和塞尔的言语行为理论以及格里斯的会话含义的指导下，探讨了虚构语言中使用的各种语用技巧。

自 2000 年以来，对海勒的研究进入了一个新的时代。学者运用形式主义、存在主义、女权主义、后现代主义、比较与文化研究等方法对海勒小说的结构、主题和写作技巧进行分析。2009 年，成梅出版了《小说与非小说：美国 20 世纪重要作家海勒研究》一书，对海勒的七部小说和两部自传进行了深入研究。同年，王祖友出版了《后现代的怪诞：海勒小说研究》，探讨了这些作品中的后现代元素。

正如王祖友在海勒逝世十周年时所指出的那样，与《第二十二条军规》相比，海勒的其他作品获得的关注度还远远不够。直到 2009 年，只有一篇论文专门研究《天晓得》；海勒的第二部重要小说《出事了》只出现在七篇论文中。2010 年至今的十余年里，在中国知网以"约瑟夫·海勒"为主题的论文仅有 65 篇，一多半为对《第二十二条军规》的细读，分析其后现代叙事或空间叙事技巧。近年来，对海勒其他作品的论文数量上有所增加，但仍留有很大的探索空间。

另外，有关国外对《第二十二条军规》等海勒小说的研究的译介相当有限。在国内学者的论著中经常提及的一些有关海勒研究的重要参考文献，如上文提到的约瑟芬·韩丁的《脆弱的人：1945 年以来的美国小说观》和斯蒂芬·W. 波茨的《从这里到荒谬：约瑟夫·海勒的道德战场》等，都没有相应的中译本。对于海外研究的了解途径，比较多的是通过像"后现代主义""黑色幽默"等的理论译著，ProQuest 网站的英文原版文章，以及国内海勒研究的硕博毕业论文中获得。这不利于对海勒及其作品全面深入的研究。

1.3.3 美国的《第二十二条军规》研究

1961 年 10 月，《第二十二条军规》问世，人们对其评价没有达成共识。正如海勒本人在 1994 年为这部小说作序时说的，"只要有一次赞赏的报道，几乎都会出现一次负面的评论"。第一批赞美来自《纽约时报书评》："这是当代美国文学的不朽杰作，几乎和复活节岛上的雕像一样可以保证长寿……《第二十二条军规》这部小说再次提醒我们，在我们的世界里到处都是我们认为理所当然但并非如此的事物，我们故意视而不见的疯狂，以及我们因缺乏勇气而无法与真相区分的欺骗和谎言。"（Stern, 1961）罗伯特·布鲁斯坦在《新共和国》的评论中称这部小说是一本"爆炸性的、苦涩的、颠覆性的、辉煌的书"。

这部小说当然也遭到了批判。20 世纪 60 年代，美国主流舆论对第二次世界大战持积极态度，美国士兵在战争中的英雄形象深入人心。海勒对美国军事体系的腐败和等级制度的大胆嘲讽侮辱了公众。许多评论家认为这部小说令人反感、不爱国、粗俗、语无伦次。其中代表性的言论来自匿名为罗杰·H. 史密斯的人。他在《代达罗斯》杂志上指责《第二十二条军规》为一种不道德的哲学、毫无艺术性的写作、令人难以置信的人物和情节，总结该小说"毫无价值"。

正如詹姆斯·纳格尔所说，早期关于《第二十二条军规》的评论和批评"主要局限于读者对这部小说的最初印象：社会讽刺、黑色幽默、战争抗议、荒谬和后现代写作。"（1984）然而，即便如此，也不乏具有学术价值的评论和批评。1964 年，弗雷德里克·R. 卡尔在短文集《当代美国小说家》上写了一篇题为《约瑟夫·海勒的第二十二条军规：只有傻瓜才会在黑暗中行走》的文章。文章认为海勒的《第二十二条军规》是一部"真实""自然"的小说，因为"它让虚无主义看起来很自然、很普通，甚至很有吸引力"。"皮亚诺萨（小说背景）的战时生活——无论细节的真实性如何——都是任何组织内部生活的复制品。""荒谬是混乱世界的真实。在这个世界里，约塞连是那个时代真正的英雄。"《第二十二条军规》发表后的十年间，评论家们也将目光投向这部小说的类型，并与马克·吐温、欧内斯特·海明威等作家的作品进行比较。布莱恩·韦认为这本书是荒诞主义和激进社会抗议传统的完美融合，并将其视为美国文学的转折点。（1968）桑福德·平斯克将《第二十二条军规》与马克·吐温的《哈克贝恩

历险记》并列，将约塞连视为美国小说传统中永远单纯的"哈克贝恩"。(1965)

在 20 世纪 60 年代末和整个 70 年代，随着越南战争的爆发和电影《第二十二条军规》的上映，对这部小说表现出的兴趣蔓延到了全国。到 20 世纪 60 年代末，《第二十二条军规》已成为这十年间出版的最受欢迎的严肃小说，1971 年的印刷量不少于 800 万册。1973 年，至少有两部重量级出版物献礼这部小说。罗伯特·M. 斯科托编写的《第二十二条军规：评论版》，里面包括几篇转载的文章和小说《爱，爸爸》中的一个章节。弗雷德里克·基利和沃尔特·麦克唐纳主编的《第二十二条军规汇编》，汇总了有关这部小说的采访和评论文章。20 世纪 70 年代末风行学术圈的语言学批评和解构主义批评开始运用到该小说的评论中。卡罗尔·皮尔森、加里·W. 戴维斯和亚当·J. 索尔金等学者都写文章抨击小说中对语言的破坏性和欺骗性使用现象。

20 世纪 80 年代，对《第二十二条军规》的研究在深度和广度上继续推进。1984 年，纳格尔编辑了《约瑟夫·海勒评论》一书，汇总了七篇关于《第二十二条军规》的重要评论文章。三年后，波士顿特怀恩出版社出版了罗伯特·梅里尔的《约瑟夫·海勒》。在书中，梅里尔探讨了《第二十二条军规》的结构和主题。1989 年，斯蒂芬·W. 波茨出版了《第二十二条军规：反英雄反小说》一书，对这部小说的主题、写作风格进行了详细的分析。所有这些都为未来评论家的进一步研究提供了便利。

从 20 世纪 90 年代到现在，老一辈学者仍然致力于研究《第二十二条军规》，而那些在学生时代学习这本书的人长大后也成了评论家。大卫·M. 克雷格于 1994 年发表了他的文章《战争、文学和艺术：从阿维尼翁到〈第二十二条军规〉》，探讨了海勒的战争经历对《第二十二条军规》创作的影响。在《你必须铭记：〈第二十二条军规〉和〈第五屠宰场〉中的创伤和记忆》中，阿尔贝托·卡塞多分析了记忆在犹太传统中的独特地位。海勒的传记也得到了进一步的阐释，方便后来学者研究海勒身为作者对该小说创作的影响。

1.3.4 中国的《第二十二条军规》研究

相比于美国，中国的《第二十二条军规》研究起步较晚但发展迅速，尤其在进入 21 世纪后，小说研究进入新的阶段。2009 年出现了两本重要的小说研究文献——成梅的《小说与非小说：美国 20 世纪重要作家海勒研究》和王祖友的《后现代的怪诞：海勒小说研究》。在简要介绍了《二十二条军规》在美国的研究后，成梅根据她对《二十二条军规》创作时美国社会状况的了解，对《第二十二条军规》进行了文化批判，分析了它的黑色幽默和写作技巧。王祖友则运用琳达·哈琴、弗雷德里·詹明信和让·弗朗索瓦·利奥塔的理论，探索了《第二十二条军规》中的犹太元素。陈世丹的《美国后现代主义小说详解》从写作技巧的角度对《第二十二条军规》和《终了时刻》进行了比较研究。与美国的研究相比，《第二十二条军规》的评论文章数量很少，范围有限，通过分析中国知网数据库的统计数据，可以清楚地了解这一点。

从 1979 年 5 月到 2023 年 3 月 15 日，中国知网数据库共收录了 378 篇以"第二十二条军规"为关键词的论文，其中 6 篇为会议发言，33 篇为硕博论文。它们各自随时间的发展可以通过下表来阐明。

类型	1979—1989	1990—1999	2000—2009	2010—2019	2020—2023.3
会议（共 6 篇）		1	4	1	
硕博论文（共 33 篇）			14	19	
期刊（共 339 篇）	13	38	141	135	12

从表中我们可以清楚地看到，国内对《第二十二条军规》的研究开始于 20 世纪 70 年代末和 80 年代初，在 21 世纪前二十年得到进一步的发展。对

这近四百篇论文进一步分析发现，在 20 世纪的后二十年，对小说的研究主要集中在内容译介、黑色幽默、社会讽喻等方面。进入 21 世纪，人们的研究角度受到西方文学理论和语言学发展的影响，开始用语言学原理、叙事学原理、文学理论等对小说进行细读，出现了存在主义、文化研究、比较研究、空间叙事等多个研究角度。

总的来说，接近三分之一的论文分析了黑色幽默在小说中的作用和表现。例如，赵启光在《天津师院学报》发表《"黑色幽默"的艺术手法》一文，分析黑色幽默的哲学基础，并以海勒、冯内格特的作品为例，分析黑色幽默的艺术特色。薛玉凤在《解放军外国语学院学报》发表《〈第二十二条军规〉中的偏离现象阐释》，认为小说文体的特征是对常规的偏离，传达了丰富的文化内涵与意蕴。

还有一种常见的现象是存在主义理论在小说中的呈现。近五分之一的论文是在存在主义指导下研究《第二十二条军规》的。例如，孟庆娟探讨了在一个无意义的世界中建立主体性的不同方式，并得出结论："孤立的个体必须接受自己自由的责任，并诉诸于社区价值观。"（2005）冯霞指出，萨特的存在主义侧重于自由和责任之间的关系，小说主要人物约塞连和奥尔在战争环境中的种种抉择最能说明这一点。

对小说进行后现代主义解读的论文数量也有所增长，在重复、悖论、黑色幽默等后现代写作框架中分析小说人物形象、语言特色和主题意义。进入 21 世纪，对该小说的文化研究和比较研究也相继出现。例如，2008 年，《湖州职业技术学院学报》发表了范煜辉的文章，分析了记忆在小说和犹太传统文化中的独特地位。比较研究方面，评论家们从结构、语言和人物形象等方面将《第二十二条军规》与冯内古特、贝克特或老舍等作家的作品进行了比较，揭示了普通人在一个混乱无序的世界中所遭受的身心摧残。

女权主义也为《第二十二条军规》的研究提供了一个新的视角。中国知网数据库收录了两篇硕士论文《理解约瑟夫·海勒——谈海勒在小说〈第二十二条军规〉和〈出事了〉中的女性主义倾向》和《海勒〈第二十二条军规〉之性别意识研究》，探讨女性在小说所构建的军事官僚和军事资本世界中的受压迫地位以及海勒对女性的态度。

中国的《第二十二条军规》研究（1979.5—2023.5）

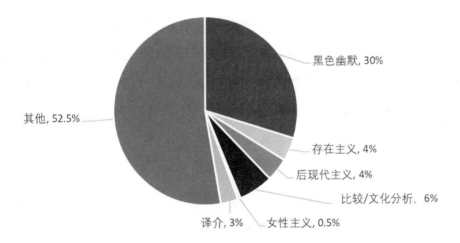

1.4 方法

1.4.1 福柯简介

福柯是法国从结构主义向后结构主义过渡时期的重要哲学家、社会理论家、思想历史学家和文学评论家。他最为人所知的是他对社会机构的批判性研究，尤其是对精神病学、人文科学和监狱系统，以及他对人类性史的研究。他关于话语以及权力与话语之间关系的广泛讨论是本书采用的方法论。

1.4.2 福柯的话语理论

1.4.2.1 话语与权力

"话语"来自拉丁语单词"discursus"，该词源自动词"discurrere"，意思是"逃跑"。一般来说，对于"话语"的定义，语言学有两种观点：一种是将话语视为语言的灵活部分，如哈里斯将话语称为"比句子更大的语言结构"；另一种是将话语与语言的应用等同起来。

尽管福柯没有对话语给出准确而固定的定义，但很明显，他对话语的理解与后一种观点非常相似。根据福柯的说法，话语并不是指单一的语言单位或话语。他说："我们不应该把研究话语作为对符号的分析，而应该把话语作为实践。这种话语实践产生了所有这些话语和话语的对象。"（1998）换句话说，话语作为一种实践活动，存在于各种实践活动的关系网络中。

话语包括语言的组织与被组织、规范与被规范。它的目的是描述权力、知识、制度、知识分子、人口控制和现代国家之间的联系，因为这些联系在思想体系的功能中得以交汇。（Bove，1995）

权力的概念在福柯的整个哲学体系中也占据着中心地位。福柯认为，权力不应该被视为维持某种经济或政治关系的力量，而是一种动态的、多形态的、多关系的力量。"权力与一套法律或国家机构截然不同，比它们更复杂、更密集、更普遍。"（福柯，1980）"权力不是一种制度，也不是一种结构；它也不是我们被赋予的某种力量；它是一个特定社会中复杂战略局势的名称"（福柯，1978）。权力并不能产生平等的关系，而是支配地位，一方对另一方的支配地位。权力无处不在，针对所有关系，像毛细血管一样存在于社会的每个领域和角落。更重要的是，权力不是稳定的，而是动态的，它从一个地方流动到另一个地方。权力的本质是表现，或者说是一个人要求他人按照他告诉的方式行事的能力。

1.4.2.2 权力与话语的关系

权力的实践是通过权力与话语的互动来实现的。一方面，权力是影响和控制话语的根本因素。一个人所处的权力地位决定了他使用话语的方式。另一方面，权力是话语的产物。权力的实现需要话语的配合，才能使权力处于积极的地位。福柯指出："话语传递和产生权力；它强化了权力，但也破坏和暴露了权力，使其变得脆弱，并使其有可能挫败权力……话语是在力量关系领域运作的战术元素或障碍。"（1978）

总之，权力产生话语，话语也产生、强化或削弱权力。"权力和话语相互影响和相互关联。权力的运作使话语成为可能。权力是通过话语行使的。话语是权力的一种形式。"（王治河，1999）

1.4.2.3 权力抵抗的意义

"有权力的地方就有抵抗。"（1978）福柯坚持的一个原则是，权力永远无法实现它所宣称的或试图实现的目标，权力的运行必然伴随着抵抗。"我所说的这种抵抗不是一种物质。它并不早于它所反对的权力。权力的运行和权力的抵制相伴共生。我并不是要把权力和权力的抵抗当成两种物质对立起来。我是说：只要有权力关系，就有抵抗的可能。我们可以通过精确策略的制定和决定条件的调整来避免落入权力的圈套。"（1988）福柯所指的抵抗并不等同于完全的拒绝。相反，在他看来，抵抗是大量的、不确定的、受特定情形影响而独特的：有的抵抗是不可或缺的、极端重要的，有的抵抗是自发的、狂野的、威胁性的、孤立的、协同的、没有限制的或暴力的，有的抵抗是牺牲性的，或者很快就因让步而平息。权力的存在"取决于多种阻力点：这些阻力点在权力关系中扮演着对手、目标、支持或控制的角色。这些阻力点遍布于权力网络中。"（福柯，《性史》第 1 卷，95 页，1978）

1.4.2.4 福柯权力话语理论的政治维度

可以肯定地说，权力和话语之间的关系是福柯思想体系的中心。就像两股涓涓细流汇聚成一条河一样，这两个概念结合在一起，它们汇聚的交点——人。无论是对疯癫史、监狱史的追溯，还是对知识、真理的探究，福柯总是把他的关注点放在人和人的生活状态上。他发现，启蒙运动之前，权力的实施多为压制性的，通过设置一个高高在上的君主，胁迫人们服从于他的权威。现代社会之后，权力的运行潜入到微观层面，隐匿在知识和真理背后，通过内化为权贵利益服务的评估体系，将人们拖入沉默，或将他们降级为温顺的主体，无意识地接受并参与对自己的服从，成为社会机器上合乎规范的螺丝钉。

福柯作为思想家的伟大之处，不仅在于他揭示了个体受权力支配的事实，还在于他在人生后二十年一直试图在其正常化框架内，为已经消解了主体性的人类找到有限解放的可能性。在他的《性史》一书中，我们可以感觉到他试图通过探索古希腊人的生活来为我们提供一种方法或指明一条解放道路，尽管他的突然去世阻止了这一努力。

1.5 本书的原创性

如上所述，《第二十二条军规》是中国评论家非常关注的一部小说。从 1979 年至今不到五十年的时间，中国知网数据库已经收录了 378 篇关于这部小说的文章和硕博论文，而且数量还在持续增长。这些研究中，许多学者将目光集中在小说最引人注目的特征上，如它的黑色幽默和存在主义困惑，但是作者海勒自己说："我对战争题材并不感兴趣，在《第二十二条军规》里，我也并不对战争感兴趣。我感兴趣的是官僚权力机构中的个人关系，以及外部力量或制度对人的压迫和侵蚀作用。"因此，对权力机制的描述和批判应该是小说的一个重要主题。

早期对该小说权力关系的分析大多是零散的、主观白描式的，点缀在对黑色幽默艺术效果分析或小说主题分析之中。以该小说展现的权力关系为主题、以福柯的权力话语为理论框架进行的学术探索始于 2006 年。李幸在《从福柯的权利话语理论看〈第二十二条军规〉》中，运用小说情节论证了福柯关于话语与权力之间相互依赖、相互转化的关系。王琰在《清醒者与适应者的生存——解读〈第二十二条军规〉中的人物》中，描述了在权力话语网络的掌控下，不同人物的不同选择。 2010 年之后，对小说的福柯式解读逐渐增多。王欣在《权力、荒谬、个体悲剧——〈第二十二条军规〉》中，将权力的生产与荒谬感联系起来，分析权力是如何借用战争的名义将人异化、非人化，成为升官进爵的砝码和商业谈判的附加条件的。在《从福柯的生存美学视角解读〈第二十二条军规〉》中，管亚男运用福柯的生存美学原理探究小说人物的生存环境和各自的出路。他指出，在规训化的社会里，有隐忍型生存美学和普罗米修斯式反抗生存美学。无论哪种方式，只要是积极向上的，并且适合自己的都是一种美学生活。

本书的独创性主要在以下四个方面：首先，从福柯权力话语理论角度分析小说人物处境，指出小说中的每个人物都通过巨大的权力话语网络联结在一起，并被其影响和异化。即使是看似最强大、站在军队体系顶端的将军们也被困在这个网络中并成为受害者。其次，强调了小说中两个主要人物——塔普曼和约塞连一的反抗，并指出了他们努力反抗，建构自我主体身份的意义。再次，结合海勒的性别意识和福柯的两性关系理论，将小说中出现的主要女性角色分为妻子、护士、妓女三大类别并进行分析，揭示女性所遭受的双重甚至三重压迫，强调了女性觉醒、自我意识塑造的重要性。最后，将人物分析与海勒的人道主义关怀联系起来，强调海勒笔下形形色色、"疯"状各异的人物实际上是海勒的故意为之，体现了他对整个人类命运的沉思。

第二章 "第二十二条军规"下的世界

在《性史》第 1 卷中,福柯指出:"权力不是一种制度,也不是一种结构;它也不是我们被赋予的某种力量;它是一个特定社会中复杂战略局势的名称。"《第二十二条军规》中虚构的军事世界,包括皮亚诺萨岛、环太平洋、罗马等,都是通过一个规则来调节的——第二十二条军规。作为世界规则和理想的象征,这条"军规"形成了一个巨大的话语权力网络,建立了一个严格的官僚军事体系,个体镶嵌其中,自主性和独特性被抹杀,如同福柯笔下逐渐消失的印在大海边沙地上的一张脸。

2.1 "第二十二条军规"

世上只有一个圈套……

那便是第二十二条军规。

——海勒,《第二十二条军规》

早在小说的标题页上,海勒就促成了读者与"第二十二条军规"的第一次会见。在皮亚诺萨岛,"只有一条军规"。然而,这条极具生产性且无处不在的军规足以建立一种折磨所有人的霸权关系。随着情节的推进,它扩大了影响力，从帕亚诺萨岛到罗马，最后成为所有人类理想和规则的化身，这些理想和规则将人们禁锢起来，消除主体性和个体差异，被规训为"合格品"，变成如同动画电影《超能陆战队》里的一个个微型机器人，被"军规"这个神经中枢随意变幻成各种结构，完成各种任务。

"军规"首先和信件审查联系起来。"第二十二条军规"规定，病房里所有军官病员都要审查士兵病员的信件，而且每封信上都要签上审查军官的名字。主人公约塞连在审查这些信件时，"随手漫不经心地一挥"，"仿佛他是上帝一般"。（《第二十二条军规》，2 页）第一天下来他就失去了好奇，发明种种游戏打发无聊。他首先"宣布所有修饰语的死刑"，剥夺了他人表达感情的权力；接着"他又向冠词开战"，去掉所有冠词，或者只保留冠词删去其他，只是为了让"每封信都成为一段远为普适的信息"。（《第二十二条军规》，2 页）后来，他干脆抹去了称谓语和签名部分，象征着抹去了每个个体应该具有的姓名和身份，让士兵们变得面目模糊。更为讽刺的是，约塞连在每封经过他"艺术加工"的信后面都签上"华盛顿·欧文"（"美国文学之父"）的名字，代表了对美国文学甚至美国文化的消解。"在海勒们的眼里，所谓的社会文明，不过是一出荒谬的滑稽戏而已"，（王欣，2011）烙印了当时社会意识形态的文学和文化，说到底，不过是"对于人的一种压迫"（陈怡含），因为它们在本质上都强调了一方对另一方的绝对服从。这种二元对立的思想，也是福柯批判的对象。

当约塞连试图说服丹尼卡医生给他开停飞证明，以免执行更多任务时，"军规"的第一层含义借后者之口得以暴露。表面上，这条"军规"似乎给了士兵一个机会，让他们不再执行更多的任务——只要他们疯了。然而，精神错乱的人必须通过自我申请来证明，这反过来证明了他们没疯，因为只有理智的人才会通过申请来避免飞行任务。从语言形式上看，这条"军规"是个悖论，具有逻辑循环式矛盾的特点。从事实上看，这个陷阱给士兵一个无选择的选择——继续执行飞行任务。

如果士兵们仍然认为他们有希望，因为根据第二十二条军规，他们无论如何都会在完成任务后被遣送回国，那么在指挥官卡思卡特上校不断提高飞行次数后，他们的希望将面临幻灭。遵守军官的命令是第二十二条军规的另一项要求——"（第二十二条军规）要求你永远服从指挥官的命令。"（《第二十二条军规，59 页）此时，"军规"给指挥官的"命令"赋予权威，让每一条下达的"命令"都带上了"军规"的影子。换句话说，"军规"成功地在皮亚诺萨岛建立了自上而下的军事官僚体系，允许指挥官凌驾于士兵之上。"军规"隐匿在一条条指挥官的"命令"背后，其神秘性和无处不在的力量，无时无刻不在灌输着对军事信条的忠诚和服从。例如，它为增加轰炸任务的数量提供合法性，因为这来自卡思卡特上校的"命令"；它为炸毁己方飞机的米洛辩护，因为米洛的"辛迪加"集团为军官们带来了美食和金钱。"军规"延伸到皮亚诺萨岛的方方面面，规定了士兵对指挥官的绝对服从。

随着小说情节的推进，"军规"不断扩大其影响范围。它似乎根本不存在，但又困扰着岛上的中队，困扰着罗马，困扰着整个环太平洋地区，甚至困扰着整个世界。远在科罗拉多州的前一等兵温特格林也受其影响，陷入了一个荒谬的循环：开小差——被"军规"惩罚挖填土坑——刑满释放——开小差——挖填土坑。在《第二十二条军规》第三十九章中，约塞连去罗马寻找内特利爱上的妓女的小妹妹，却发现所有的女孩都被士兵赶出了原先她们住的房子。

"他们有什么权力这么做？"

"第二十二条军规。"

"什么？"约塞连又惊又怕，当即僵住了，只觉得浑身上下开始刺痛。"你刚才说什么？"

"第二十二条军规，"老妇人重复道，上下摇晃着脑袋。"第二十二条军规。第二十二条军规说，他们有权力做任何我们不能阻止他们做的事情。"（《第二十二条军规，437 页》）

约塞连在罗马遭遇"第二十二条军规"，事实上揭示了世界上任何规则和条例的本质。这次对"军规"的描述证明了约塞连一直以来所知道的："第二十二号军规"并不真正存在，它只是一个杜撰出来的名字，为现实发生的事情进行合法化辩护。"军规"背后有一个坚定不移的原则：强权即公理。正如莱昂·夏.萨尔茨在《米洛的无辜应受谴责：〈第二十二条军规〉中的荒谬》一文中指出的那样，"'军规'是机会主义，或者，在更基本的层面，是将自身意愿凌驾他者之上，无所顾忌并免受惩罚"。在小说中，"第二十二条军规"作为一种话语形式和话语实践，将上级对下级的绝对领导和下级对上级的绝对服从根植在每一个个体头脑中，编织了一个巨大的权力话语网络，捆绑束缚了所有人。

2.2 "军规"下的权力世界

如果将"第二十二条军规"放在哲学角度去分析和透视，我们会发现，这条军规实际是西方逻各斯主义在海勒小说中的代表和延伸。逻各斯主义认为，世界是稳定和有序的，人活着是为了追逐一个终极的真理。在它的影响下催生了二元对立思想，即将事物人为地划分为上和下、好和坏、美和丑、理性和非理性等类别，认为前者优于后者，赋权于前者，并对后者进行压制。这一部分，我们将结合福柯的"权力话语理论"对小说中的权力体系从三个角度进行解读，即性、疯癫和语言。在像"圆形监狱"一样运作的"第二十二条军规"

的统摄下，小说中的人物尽其所能地寻求一种生存的安全感，而缺失了情感的性、看透事实后的疯癫以及幽默荒谬的语言都是他们这种努力的集中表现，虽然这些努力都以失败告终。

2.2.1 "军规"下的性

"性"从社会学角度来讲具有两方面的内涵。首先，它意味着个体出生的自然性别和性别身份，也就是生物学意义和社会意义，即"男性"或者"女性"。它不仅包括男女在生理上的差异，还包括在漫长的人类社会发展过程中形成的男女在社会分工和地位上的不同身份。其次，性还可以特指性欲望和性行为，甚至某些与性活动没有直接关系的内容也可以归入这一领域，如身体接触、裸体等。下面我们将结合福柯的"权力话语理论"中有关性的内容，探究小说中的两性关系和性行为。

2.2.1.1 两性关系

福柯三卷本的《性史》将性纳入其"权力话语理论"体系，为我们研究性提供了新的思考维度。在用系谱学的方法探讨了从古至今的两性关系后，福柯发现，在古希腊、古罗马时期，男女就是一种不平等的状态。只有男性才能行使权力，而在行使权力的过程中，生出一种男子气概的概念。而女性只是男性的参照，需要顺从男性。海勒的"军规"世界建立的两性关系也是一种压制和被压制的权力关系。男性作为战场上的主角，在两性关系中也处于支配地位，而女性则沦为男性发泄身体欲望、展示自身地位和力量的工具。小说中德里德尔将军的护士没有名字，她依附于德里德尔将军而存在，对后者言听计从，"德里德尔将军无论去哪里，他的护士总跟着他，甚至就在阿维尼翁轰炸任务之前还跟着进了简令室"（《第二十二条军规》，232 页）；饿鬼乔每次遇到漂亮的女人就魂不守舍，急切地想要拍她们的裸体照片；甚至爱上一个意大利妓女的内特利，在得到她后，也开始试图用传统的男权思想"规范"妓女的行为。小说的主人公约塞连也不能免俗。在和露西安娜的交往过程中，约塞连也没能跳出"美国大兵优于异国平民女性"的框架，一夜情后就撕毁了带有女方地址的纸条，亲手掐断了继续交往的可能性。小说中的性别意识和等级观念交织缠绕，男性气质与军事权力关系密切。两性之间的互动在小说的第五章会有详细阐述，在这里就不过多展开。

2.2.1.2 性行为

福柯在对性行为进行考古学和系谱学的研究后发现，进入现代社会，随着人们对性的讨论的增加，性话语被纳入多重的权力关系的领域，成为控制人的工具。与此相对，象征新生命的性也赋予个体以巨大的能量，成为人们逃避规训权力、减轻死亡恐惧的避难所。在海勒构建的军规等级世界里，性的两面性得到了充分的体现。

《第二十二条军规》中，士兵的性行为是被纳入军队管理体系的。科弗利少校就负责此项事宜，"城市陷落一两天之后，他便会带着那儿两套豪华大公寓的租约回到中队，一套给军官，一套给士兵，均配备了称职而快活的厨师和女佣"（《第二十二条军规》，138 页）。其实对性行为的规训不止于军队领域，在全社会也相当普遍。

除了消除享乐，权力对性行为的塑造也体现了一种等级观念，一种权力和血统的结合。小说中德里德尔将军的护士"可真是个美人，见过她的人都说从没见过这么可意的尤物"。尽管士兵们，包括德里德尔将军的女婿，都渴望着她，把她当作性幻想的对象，约塞连甚至"万分绝望地呜咽起来"。但是德里德尔的护士只属于德里德尔，对他言听计从，德里德尔将军无论去哪里，他的护士总跟着他"。（《第二十二条军规》，228~232 页）作为性行为的另一个参与者，女性在军事等级的运作下沦为性行为的工具，一件待价而沽、位高者得的商品。

然而，性行为也蕴含着巨大的能量，成为新生命的前提和生命延续的象征，这也是小说人物，包括主人公约塞连，都不同程度地沉溺于性爱之中的原因。作为小说中为数不多的"清醒者"之一，约塞连看透了战争的本质，把保存生命作为人生唯一的信条。在他看来，性行为是延长生命的有效途径。通过与女性身体的接触，他可以得到对抗死亡的力量，女性的身体也变成了除医院外，他的另一个避难所。他和露西安娜春风一度，和达克特护士不断地调情，甚至可以和光头的意大利妓女共度一夜。在战争不断逼近，军事官僚又枉顾士兵生死的情况下，约塞连和士兵们能得到的唯一慰藉就是性的满足。当和达克特护士在一起的时候，"约塞连总是忍不住要碰她"（《第二十二条军规》，358页）。当看到河里的一具尸体时，他"渴望活着，于是急切地伸手抓住达克特护士的肉体不放"（《第二十二条军规》，360页）。显而易见，只有通过人体的真实触感，才能让他克服死亡带来的抽象恐惧。既然对性行为的控制意味着对有限生命的超越，频繁的性行为就可以赋予他面对死亡的信心。

性对约塞连的好友塔普曼同样意义重大。作为牧师，塔普曼在战争中无益亦无害，身份尴尬得可笑。他不需要执行飞行任务，所以没有机会和其他士兵建立友情；他不屑于和卡思卡特同流合污，用宗教谋取官位，所以得不到上级的赏识。他在庸俗黑暗的军队中被当成一个笑料，处处受到排挤、欺凌和要挟，只能在妻子处找到安慰。"在这个世界上，能让他感到心安的也就是他的妻子了"。他在军队中遭受的不公也只能通过性行为发泄出去，"几乎不可避免地，他与妻子团聚的白日梦总是以鲜活的做爱动作收尾"。（《第二十二条军规》，287~289页）

然而，性行为的吊诡之处就在于它不仅是生命的象征，也与死亡相连，甚至性行为一开始，就预示着毁灭。这也就注定了性不能成为自我救赎的途径。早在小说第四章，丹尼卡医生试图向约塞连解释"第二十二条军规"的含义之时，性行为的复杂性就体现出来。在解释"军规"之前，丹尼卡讲述了战前他遇到的一对新婚夫妇的故事。这对夫妇想要生孩子，于是来到丹尼卡的诊所咨询。在对新婚妻子做完检查后，丹尼卡发现她还是一个处女，而她的丈夫却吹嘘他们和谐的性行为，"每个晚上"，"我从没错过一个晚上"。丹尼卡医生接着告诉约塞连——

> 只有一个解释。我把他们叫到一起，用收藏在诊所的橡胶模特儿给他们示范性交动作。我把这些橡胶模特儿收藏在诊所，此外还有各种男女生殖器官模型……那对新婚夫妇一起看我示范，好像我在给他们讲从没有人听说过的事情。你绝对没见过谁这么感兴趣。"你是说这样？"他问我，然后自己摆弄了一会儿模特儿……几天后他独自一人回来，对护士说必须马上见我。等人都出去了，他对着我的鼻子就是一拳。（《第二十二条军规》，40 页）

进入诊所之前，这对夫妇似乎对他们的性生活很满意。但是当丹尼卡用橡胶模特儿模拟可以孕育新生命的性行为时，摧毁了女性作为处女的完整性。新生命的延续始于母亲的逐渐消亡，明白了真相的小伙子"对着我（丹尼卡医生）的鼻子就是一拳"。

性与个体死亡的联系同样展现在牧师塔普曼身上。牧师对妻子的依恋总是伴随着他对孩子们死亡的预见。在梦境或者臆想中折磨甚至杀死自己的孩子，成为牧师获得生存安全感的一种残忍的手段。当俄狄浦斯长大之后，他将会篡夺王位并杀死拉伊俄斯。既然"俄狄浦斯情结"预设了存在于儿子身上的潜在威胁，拉伊俄斯想要先行杀死自己的儿子也是意料之中的事情。

他常常生出一些牵涉到它们的恐怖幻想，一些可怕、丑陋的预感，想着他们不是得了重病就是出了意外，他被这些念头无情地折磨着。他沉思的时候，满脑子都是尤因氏瘤或白血病之类可怕的疾病；每周他都两三次看见他的新生儿子死去，因为他从没教过妻子如何止住动脉出血；他眼睁睁地看着，在泪流满面、瘫软无力的静默中，看着他全家人一个地接一个在墙根插座旁触电而亡，因为他从未告诉过她人体是可以导电的；几乎每天夜里他都看见热水锅炉发生爆炸，那两层楼的木房子燃起熊熊大火，他们四个全都葬身火海……（《第二十二条军规》，288 页）

在《第二十二条军规》中，一方面，性被纳入权力话语体系，性行为成为被规训的对象；另一方面，性的复杂性也使得它无法成为个体救赎的路径和方法。除了性，海勒的小说人物还发现了另一条逃避死亡，保有真实自我的途径——疯狂。这是下一小节要谈论的主要内容。

2.2.2 "军规"下的疯狂

福柯在博士论文《疯癫与文明》中，对疯癫进行了考古研究，探究在漫长的人类历史中，疯癫的知识和话语怎样被人为地建构起来。他发现，疯癫开始被认为是神圣的象征，疯癫之人登上"愚人船"，成为沟通此间世界和远方的使者。自中世纪以降，理性占据人类社会的支配地位，非理性被放逐，疯癫者由医生和精神病院收容，从此导致"理性对非理性的征服，即理性使非理性成为疯癫、犯罪或疾病的真理"（《第二十二条军规》，9 页）。纵观整部小说，疯癫者的形象无处不在，"疯子"成为《第二十二条军规》着力刻画的一批群像。在约塞连眼中，嘴里塞着海棠果四处溜达，热衷执行飞行任务的奥尔是疯子；

天天密谋杀死卡思卡特上校，但从来没能实施的多布斯是疯子；喜欢超低空飞行，拿生命开玩笑的麦克沃特也是疯子；相信爱国主义和妈妈的苹果派的阿普尔更是疯子，"他目光所及之处都是疯子"（《第二十二条军规》，16 页）。有意思的是，在别人（如饿鬼乔、克莱文杰、梅杰少校）看来，约塞连自己也是个不折不扣的"疯子"，甚至克莱文杰在军官俱乐部当面指责约塞连，历数后者的种种症状，"无端把周围每个人都看作疯子，萌生用机枪扫射陌生人的杀人冲动，回顾性歪曲过去的经历，凭空猜疑别人憎恨他并且要合谋杀害他"（《第二十二条军规》，16 页）。在战争中备受折磨与迫害的士兵人人互指对方为"疯子"，并各自表现出行状不一的反常性、可笑性，其背后隐藏的是他们险恶的生活处境和可怕的战争真相。

小说安排约塞连为主线人物，借助他贯穿始终的见闻和切身感受，层层揭开战争真相的方方面面：在军官训练营时，沙伊斯科普夫在克莱文杰的帮助下获得阅兵比赛的胜利，但获胜后的第一件事就是把后者送上了诉讼委员会，这证实了约塞连对权力阶层一开始就有的判断——口是心非、阴暗蛮横；以轰炸员的身份被派往海外作战，战场上的枪林弹雨、无数同伴的瞬间阵亡，以及他自己的飞机两次被击中，与死神擦肩而过的战斗经历，令他见识到战争的无情；以卡思卡特、佩克姆为代表的权力阶层追逐权势、罔顾人命，致使邓巴、奥尔、饿鬼乔等好友的各种离奇失踪、死亡，一次次向他展示出这个阶层的自私、愚蠢、随意与强硬，进而令他质疑战争的理性与意义……从某种意义上讲，约塞连其实是个清醒的"疯子"，他的"被害妄想症"（处处怀疑有人要置他于死地）和种种夸张、"过激"的言行（如屡次称病装疯以逃避作战；执行轰炸任务时不在乎目标是否被摧毁，而是极力进行规避动作，保存生命；在好友斯诺登的鲜血喷溅到身上，顿悟人体是物质的真相后，赤身裸体地接受勋章；背着枪在军队驻地里草木皆兵地倒退着行走，公开拒绝执行飞行任务，等等),并非捕风捉影的神经过敏或精神失常,而恰恰是他逐渐认清战争的真相和自身处境之后奋力想要挣脱的求生之举。他最后的出逃,象征了建立"军规"的所谓文明社会对疯癫的放逐,是压抑性文明达到极致的表征。

相形之下,克莱文杰和内特利所代表的一类服从命令、甘愿牺牲、相信是为祖国和正义而战的理想主义者,看上去头脑冷静、言行合乎规范,实际上他们才是作者所认为的真正闭目塞听的"傻子"或失去理智的"疯子"。他们最后的结局——克莱文杰消失在云层后面;"而内特利,在另一架飞机里,也送了命"(《第二十二条军规》,402页),进一步解构了"军规"的权威性和正义性,引导读者开始反思现存的道德秩序和现代文明。

需要指出的是,《第二十二条军规》中的"疯子"事实上并不仅仅包括书中直接以"疯子"互称的战斗人员,即那些直接上战场、日夜受到死亡威胁的士兵或低级军官,没有直接参加战斗的人员,也以另外的形式表现出不同性质和程度的疯狂,如经常陷入自我怀疑的卡思卡特上校、沉迷于阅兵比赛的沙伊斯科普夫、醉心生意的米洛等。作为军队重要组成部分的医院及其工作人员,本应该救死扶伤、关怀病人、精益求精,也在海勒笔下呈现出另外一种情状:丹尼卡医生从不关心士兵的病情,整日无所事事;丹尼卡医生手下的护士也是照规办事,只凭借体温去治疗士兵的病症;医院里以达克特为代表的护士,将士兵视为没有感情的战争机器,活着的唯一目标就是服务国家;而心理科的医生,则把弗洛伊德的理论生搬硬套,以它来断定病人的精神状况……正如景虹梅指出的那样,"这些形形色色、'疯'状各异的人物,共同映现出'军队是个疯人院'的可怕景象,小说以此形象地揭示出战争的非理性,表达了深刻的反战思想"。

海勒如此钟情于"疯癫"话题,是与他独特的人生体验密切相关的。童庆炳曾指出,"一个作家的独特的童年经验郁结于心,成为一种心理定势,对其后来独特的知觉方式所产生的影响最为深刻。早年的定势最容易变成一种独特的眼光，在这种独特的眼光中，周围的一切都会罩上一种独特的色彩和形态"。海勒对世界荒谬性的体会如此深刻，显然与童年经历有关。海勒五岁时，父亲死于医疗事故，本来的救治变成了致死的原因之一，是他对医疗救治的最初印象。而犹太教独特的葬礼传统（如不许在葬礼上哭泣等）以及家人为了顾及年幼的海勒而故意制造的"欢乐葬礼"，更使海勒对死亡的理解带上了一层朦胧和不真实之感。父亲离世导致的家庭困顿，以及经济萧条所带来的恐惧和动荡，加剧了海勒对世界荒谬性的认知，造就了他写作文风的冷漠、暴力和阴暗。

2.2.3 "军规"下的语言

福柯对于语言的理解受到了尼采的影响。尼采认为人为了生存，首先要伪装自己，为了更高意义上的生存，人还要有愉悦之感。人之所以要伪装自己，是为了遮蔽这样一个残酷的社会现实：人并不是万物的主宰，只是生物进化中的一个环节而已，为了生存，人要给自己设立一种永恒斗争的状态。而语言成为人遮蔽这一现实的有力武器，它构建起知识、真理这些宏大的概念，赋予人的存在一系列的意义，人们通过追求真理来获得安全感，通过知识来美化世界。

福柯继承了尼采的真理批判和知识批判，提出了"真理游戏"，并运用系谱学的方法探讨了复杂历史背景下"真理游戏"的权力问题。他认为在古希腊、古罗马时期，真理是用来寻求自身快乐的手段，而不是为了建立一种所谓的知识结构，追求一种所谓的理念。到了基督教统治时期，体验自身快乐变成了探讨人与上帝的关系、建构个人主体性的策略，使得古希腊、古罗马时期作为一种生存方式的生存美学失去了光辉；而到了现代社会，通过权力和道德的运作，将人们规范在各种规则制度的束缚之中，真理逐渐成为各种社会统治力量所控制的一种论述策略。处于社会生活中的个体，要时时刻刻提醒自己是否符合这套权力——知识的话语建构，如果不符合，就要去探讨自己、审判自己，进而改变自己。

《第二十二条军规》出版于 1961 年，正值西方文学由现代主义向后现代主义转变的过渡时期。后现代主义文学受福柯的权力话语、德里达的解构主义等学说影响，不再像现代主义一样坚持对世界终极意义的追寻，而是运用无秩序的叙事形式将生活中无秩序和混乱的状态表现出来。对与错、是与非、渺小与伟大、过去与未来等概念在这部小说中同时存在，并在错位的指称、悖论、戏仿等后现代语言技巧的作用下相互抵消、相互否定，使文本能指不断跌宕、受阻，永远无法达到所谓的以"第二十二条军规"为代表的"终极所指"，整部小说呈现出难以捉摸的后现代主义不确定性。

2.2.3.1 错位的指称

在语言交际中，语言使用者常常用某一词语指称某一对象，在特定的语境下该词语与所指对象形成对应关系，这种关系就是指称关系。人物是小说语篇的中心实体，人物的指称是小说文本脉络的基础。对人物的指称主要通过名字来完成，用来将个体与他人区分开来、确定人物身份，同时体现权力等级关系。

《第二十二条军规》的命名主要通过三种方式完成——"专有名词""专有名词 + 所有格""专有名词 + 军衔职务"，这三种命名方式体现的等级关系逐渐明晰。"专有名词 + 所有格"的命名方式大多发生在两性之间，如"沙伊斯科普夫的妻子""德里德尔将军的护士""内特利的妓女"等，体现了男性对女性的占有和支配，以及女性对男性的顺从和附庸。"专有名词 + 军衔职务"，一方面向读者指出了小说人物在等级制度中的位置，一方面也表明了他／她的职位力量变化。例如，沙伊斯科普夫军衔的变化（由少尉到中尉、上校，再到将军）导致军队里众人与其互动方式发生变化；梅杰少校因为名字和军衔的一致性（"梅杰"和"少校"在英文中为同一个词）被火速提拔为少校，并被暗示将一生禁锢在这个职位上；等等。即使使用专有名词命名，海勒也精心设计，利用谐音等命名技巧，将名字与人物性格联系起来。比如，"沙伊斯科普夫"在德语中是"土豚"的意思，暗示了他对阅兵比赛的狂热是愚蠢的行为；"奥尔"在英语中同音"选择"，表明这个人物的主题意旨就是为小说主人公约塞连提供另一种摆脱困境的方案，等等。无论哪种命名方式，其实都折射出现代人不自由的生存现状和不稳定的自我身份建构。

普拉特在《黑色幽默批评文集》中指出，这部以战争为背景的小说关注的不是战争本身，而是人类身份问题。作为统治阶级代表的上级军官利用名字和指称对象之间的关系，忽略士兵的实体存在，用语言符号——名字决定士兵的生死存亡，指称关系在疯狂的小说世界里被固化和僵化。约塞连在认识到这一点后，玩起了"名字游戏"，人为地割裂名字和身份之间的指称关系，以希望可以保持完整的自我，避免被荒诞世界物化。

在小说开场不久，约塞连就颠覆了名字的指称意义：

第二十二条军规要求审查官在每一封检查过的信上署名。大多数信约塞连根本就没看过，在那些完全没有看过的信上，他签上自己的名字。在那些他真正看过的信上，他写上"华盛顿·欧文"。等这个名字越写越烦后，他就写"欧文·华盛顿"。（《第二十二条军规》，2~3页）

签名和称名一样，是确认身份的手段。一个人只能签署自己的名字以代表自己的身份。在这段语篇中，约塞连故意用三个名字完成签署任务，是因为他深知在空军基地，上层军官为了自己的利益可以找任何理由迫害任何人。他在没看过的信上签名是为了完成"军规"要求的签名任务，在那些他真正看过，并为了打发无聊而进行"艺术创作"的信件上签上杜撰的名字，这样上层军官就永远无法找到人，从而逃脱可能会有的罪责。

同样的招数在梅杰少校那里也得以实施。苦于文牍之苦的梅杰少校自从采用了假名字签名，工作量骤减。名字和所指对象的断裂使得由身份带来的无意义的工作减少，挑战了高层将名字作为统治工具的做法，使真实的自我得以隐藏。但这种假冒姓名的做法并非没有风险，对统治权威的戏弄也并非没有代价。在小说后半段，急于和上层军官搞好关系以方便自己"向上爬"的惠特科姆诽谤牧师塔普曼，使后者成为一系列"名字游戏"的最终受害者，上层军官对牧师进行的审判，表明了名字和指称关系的割裂会带来的严重后果。

约塞连明了"名字游戏"的危害性，是在邓巴发明的"名字游戏"之后。邓巴为了和约塞连同住一个病房，赶走了约塞连病房的一个士兵福尔蒂奥里并睡在他的病床上，邓巴的身份随之发生了戏剧性的变化，变成了福尔蒂奥里。因为在基地医院，医生和护士只按照床位名卡上的名字识别病人。无论病人是否更换，如果卡上的名字没变，病人的身份就不变。换句话说，名卡上的名字失去了识别人物身份的功能，一个"福尔蒂奥里"的指称词语指向了两个不同的身份实体——邓巴和福尔蒂奥里。邓巴希望通过这个游戏体验自由身份的乐趣，约塞连也学着邓巴睡在福尔蒂奥里的床上，造成了一个名字指向了三个不同的实体——邓巴、约塞连和福尔蒂奥里。同时，约塞连和邓巴一唱一和，约塞连用邓巴的梦使派来的心理医生桑德森少校觉得他疯了：

"……你真的是疯了！"

"那你为什么不打发我回国呢？"

"我是要打发你回国！"

"他们要打发我回国了！"约塞连一瘸一拐地走回病房时，喜气洋洋地宣布道。

"我也是！"安·福尔蒂奥里喜悦地说，"他们刚才来病房告诉我的。"

"我怎么办？"邓巴性急地质问医生们。

"你吗？"他们粗暴地回答道，"你跟约塞连一起走。马上回去参加战斗！"

于是他们都回去参加战斗了。(《第二十二条军规》，324 页)

在桑德森少校的诊断期间，他面对的是一个指称移位的实体：被标上福尔蒂奥里姓名的约塞连。让事情进一步复杂的，是约塞连的梦实际上属于邓巴。尽管桑德森的谈话对象是实体约塞连，但谈话的内容却是关于实体邓巴。但在桑德森的文本世界里，姓名决定身份，他认为自己谈话的对象就是姓名为"福尔蒂奥里"的实体，名字就是个体存在的全部意义。滑稽的是，当桑德森少校说"我是要打发你回国"时，约塞连欣喜若狂，以为终于可以摆脱战场，却发现因为指称的错位，真正的福尔蒂奥里被送回家，约塞连和邓巴的名字游戏在绝望中失败。

名字是语言表达，身份是现实存在。在小说《第二十二条军规》中，上层军官利用名字对士兵进行管理和控制，忽视了士兵作为"人"的实体属性。而约塞连、梅杰、邓巴等人的"名字游戏"，虽然可以暂时逃避荒诞体制的压制，却不能使个体永久脱离这个体系。小说人物如果想要实现自我建构，还需探索其他途径。

2.2.3.2 悖论

海勒采用各种语言技巧，除了为了达到幽默效果，也为了突出他反战的主题意旨。这些语言技巧中比较突出的就是悖论——表面看起来自相矛盾，实际上包含深远意义。悖论由一个陈述或命题组成，是小说中一种重要的修辞手法。它在文章中不时地出现，成功地营造出一种不确定的后现代语言风格。

海勒擅于把相反的内容放在同一个陈述中，从而达到意想不到的、自相矛盾的效果。例如，"德克萨斯人是个性情随和、大度而又可亲近的人，然而三天过后就没人能容忍他了"（《第二十二条军规》，4 页）；"内特利起点就不好。他来自一个富裕家庭"（《第二十二条军规》，7 页）；邓巴是"全天下最优雅、最缺少献身精神的人之一"（《第二十二条军规》，9 页）；"丹尼卡医生是约塞连的朋友，在他的能力范围内几乎不会帮约塞连任何忙"（《第二十二条军规》，25 页）；"这个肮脏、贪婪、刻毒的老头之所以让内特利想起他的父亲，是因为两人毫无相似之处"（《第二十二条军规》，259 页）。最典型的自相矛盾出现在第十九章对卡思卡特上校的描述中。矛盾修辞出现在每一句话中，句子与句子之间也出现意义的错位，营造出前言不搭后语的效果：

卡思卡特上校三十六岁，是一个圆滑成功而又懒散不快乐的人，走起路来步伐沉重，一心想做将军。他既精力充沛又情绪低落，既泰然自若又时常懊恼。他沾沾自喜却又没有安全感；他胆敢采取多种行政手段以博取上级的关注，却又怯懦地担心他的图谋会弄巧成拙；他英俊而缺乏魅力。这个正在发胖的虚张声势、肌肉发达、自以为是的人，长期以来一直被发作时间越来越长的忧虑所折磨。卡思卡特上校很是自负，因为他才三十六岁就做了指挥战斗部队的上校；卡思卡特上校又很气馁，因为他都三十六岁了才不过个上校。（《第二十二条军规》，199页）

上述这段是悖论使用较为精彩的几个片段之一。对卡思卡特上校的细节描述充满了矛盾，使读者清晰地得出了一个结论——卡思卡特上校是一个充满喜剧性的矛盾人物，时常处于患得患失、进退两难的苦恼中。这种迟疑不决的性格暗示了他是个庸才的事实，充满了海勒对一个平庸甚至愚蠢的人爬上权力高位的嘲讽。更进一步说，每个受困于"军规"的士兵其实都处在这种矛盾不决、进退两难的处境之中。他们对自己感到困惑，不知道自己的人生目标是什么，也不清楚如何才能从困境中挣脱，获得自由。

小说主线"第二十二条军规"也是小说中最大、最明显的悖论。按照"军规"的规定，住院的军官需要检查所有士兵病员的信件，但约塞连在未检查的信件上签上自己的名字，在检查过的信件上签上别人的名字；士兵们飞够了规定的次数，就可以回国，可是上层军官却一次又一次地给飞行员增加飞行任务的次数；精神失常的飞行员可以停飞，但必须由本人提出申请，而一旦申请了就证明他不是疯子，因为"面临真实而迫在眉睫的危险时对自身安全的关切是理性思维的过程"（《第二十二条军规》，45 页）；士兵们签署"忠诚宣誓书"的举动是非强制的，但是如果不签，就会被饿死；所有未签署"忠诚宣誓书"的士兵都是不忠诚的，梅杰少校要签，但布莱克上尉禁止梅杰少校签署"忠诚宣誓书"，并因为梅杰少校没有签署"忠诚宣誓书"而认为他不忠诚……第二十二条军规因为模棱两可的语言和晦暗不明的逻辑而在一众军官的使用中拥有了无数的解释，适用于一切领域，生发出无比神秘而强大的震慑力。正如朱九扬指出的那样，第二十二条军规"逻辑一环一环推演，结果又回到了逻辑的起点"，"在这种似是而非的矛盾旋涡中，任何正常的推理都会陷入到重重困境之中；在这种亦此亦彼的悖论怪圈中，指鹿为马成为最合适不过的逻辑，混淆黑白也就成了最正常不过的道理了"。因此，海勒开篇就写道：

世上只有一个圈套……

那便是第二十二条军规。(《第二十二条军规》扉页)

2.2.3.3 戏仿

戏仿，也叫作戏拟或滑稽模仿，由戏和仿两部分组成。戏为目的，即借仿来戏，用模仿的方式戏谑嘲弄，使被戏仿的对象显得滑稽可笑，夸张变形，从而达到讽刺的目的。仿为途径，以"经典文本"为基础，通过夸张、扭曲的方式对文本的人物、故事情节、语言风格、叙事模式等进行表现，以达到对本文的思想观念、意识形态、主题意旨等的解构、转移或置换。戏仿在福柯的系谱学研究中占据了重要作用，是福柯用来破除对伟大起源的追索，破除宏大叙事构建起来的历史的有力武器。本小节将聚焦戏仿这一艺术手法，分析它在小说中的运用及产生的影响。

《第二十二条军规》大量运用了戏仿的艺术手法，主要表现在三个方面：

第一，对上帝形象的戏仿。海勒在小说中对上帝的形象进行了解构和戏仿。小说第十八章，就在感恩节那天，约塞连对"万能的上帝"进行了大胆的"亵渎"。"他带给我们这么多不幸，我们当然不能让他逍遥法外。总有一天我会要他偿还的。我知道是哪一天，就是审判日。是的，就是那一天，我会跟他近到可以伸出手去一把抓住那个小乡巴佬的脖子，然后——"(《第二十二条军规》，191页)这句话显然是对爱德华兹《发怒的上帝手中的罪人》这一布道文的戏仿——"上帝把你捏住，悬在地狱之火上，恰似人捏着一只蜘蛛或某种令人讨厌的昆虫。他憎恶你，已被惹得大发雷霆；他的怒气如火一般燃烧；他觉得你一文不值，只配被扔入火里。"我们只要把约塞连的话和爱德华兹的布道词并置，就可以很容易发现两者的相似。但是，几乎所有相似的"元素"又都发生了重组，有了明显的不同之处。威严的上帝变成了一个小乡巴佬，上帝对人类的审判变成了人类对上帝的报复。在荒谬、恐怖的战争场景里，上帝已经不能给人以抚慰和安全感，曾经是终极真理和终极美德的上帝形象遭到了彻底的解构，只留下充满困惑和无助的人类在苦苦挣扎。

第二，对文学经典的戏仿。第二次世界大战结束后，海勒在美国和英国的大学里的求学经历，使其可以深入对《圣经》、莎士比亚戏剧等经典文学作品进行研究。《第二十二条军规》是海勒最早的作品，其中多处嵌入了与《圣经》、莎士比亚作品有关的内容，包括对文本的戏仿、对人物的暗指与对文本意象的挪用。如杨华就曾指出小说对《圣经》故事和人物的戏仿，例如，科弗利少校中止"光荣的忠诚宣誓运动"是模仿了《旧约·出埃及记》，米洛骗约塞连吃巧克力包裹的棉球是戏仿的人类堕落之前的伊甸园。肖怡则探究了小说中的莎士比亚母题，总结了小说中对莎士比亚作品戏仿的经典实例，分析了莎士比亚母题在海勒小说中所起的叙事作用，表达了海勒对人文主义的思考。

第三，对现实生活中真人真事的戏仿。比如，小说中提到的亨利·方达就是真实存在的人物，一个著名的美国演员。小说中梅杰少校因为长得像亨利·方达而被布莱克上尉造谣中伤的情节，就是在滑稽模仿美国 20 世纪 50 年代麦卡锡主义对文艺工作者的迫害。沙伊斯科普夫太太喜欢的作者克拉夫特·埃宾也确有其人，是奥地利精神病学家和性学研究的创始人。沙伊斯科普夫太太"翻看克拉夫特·埃宾的书"，进一步点明她沉迷肉欲的事实。

戏仿的运用在《第二十二条军规》中的作用和影响主要有如下几点：

第一，讽刺和批判。作为一部具有后现代特点的小说，《第二十二条军规》讽刺和批判历史、现实社会的倾向十分突出。比如，小说对于《圣经》故事的戏仿，就解构了上帝作为全知全能的终极真理的地位，使人类对于生存意义的追寻陷入困顿。而将摩西和科弗利少校并置，凸显了两者之间"伟业"的巨大反差——摩西带领犹太族人走出埃及，而科弗利少校的工作只是"诱拐外国劳工""租借沦陷区公寓以供军官和士兵玩乐",以及"扔马蹄铁"。

第二,互文性。通过对经典文本的戏仿,把相互割裂的东西联系起来,使它们相互影响、相互呼应、相互阐发、相互补充,加深读者对这部小说以及被戏仿的小说的理解。而对历史事件的戏仿,也使读者开始重视原本忽视的社会事实,推进对历史事件的全面了解。

第三,对历史和传统的颠覆和消解。小说通过对经典文学文本和美国社会现实的戏仿,对一切元叙事、传统权威或价值观,如信奉上帝、爱国主义、英勇战斗等,予以嘲弄和消解。正如海勒在小说扉页上写的那样——"世上只有一个圈套……那便是第二十二条军规",而"军规"规定,"他们有权利做任何我们不能阻止他们做的事情"。整个人类社会的文明,都是为了掩盖"弱肉强食"的丛林法则。

戏仿是后现代小说运用的一种重要艺术手法,将所要传达的信息以一种戏谑嘲弄的方式表现出来,在引读者发笑的同时,也引读者深思。它对经典文本或历史事件进行解构和重组,一切神圣物和日常生活的正常逻辑被颠覆乃至被嘲弄和戏耍,由此导致权力关系的断裂和动荡,从而使小说人物得以平等而亲昵地交往、对话与游戏、尽情狂欢。

第三章 "军规"下的特权者

福柯认为，在话语交际中，被选择为说话者的个体和被选择为倾听者的个体正是话语意义得以揭示的地方：选择模式得以显现，权力结构得以揭示，话语机制得以揭示。如上所述，在交流中，"军规"构建的军事系统选择职位高的指挥官作为说话者，低阶的军官或者士兵作为倾听者。说话者和倾听者处于不平等的地位，前者有权要求后者做他 / 她被要求做的事。在小说中，像沙伊斯科普夫少尉、卡思卡特上校和佩克姆将军这样的高级军官都知道这一点，并都试图利用这一规则为他们的私人利益服务。一方面，他们喜欢对那些军衔不如他们高的人施加权力。另一方面，他们煞费苦心地试图爬上更高的职位，这样能指挥他们的人就会更少，他们能指挥的人就会更多。这种不惜一切代价"向上爬"的病态痴迷不仅将他们指挥的士兵置于比战争更危险的生活环境中，而且将自己变成了时刻揣度上意、阿谀奉承的跳梁小丑。

3.1 沙伊斯科普夫少尉——"训练狂"

在《规训与惩罚》一书中，福柯考察了一个士兵形象的形成过程。他发现，在古典时代，人们已经发现人的身体是权力的目标，统治的本质是生产驯顺的人体。人们研究出种种方法对大众的身体进行控制，"这些方法使得人们有可能对人体的运作加以精心的控制，不断地征服人体的各种力量，并强加给这些力量以一种驯顺——功利关系"（《规训与惩罚》，155 页）。在 18 世纪，这一切以纪律的方式呈现在众人面前。通过纪律建立起一种关系，使得人体变得有用且顺从，福柯将此命名为"政治解剖学"，也称"权力力学"。在小说中，施加这种纪律权力的最杰出的"训练机器"是沙伊斯科普夫少尉，他采用的技术是阅兵训练。

沙伊斯科普夫少尉是加利福尼亚州圣安娜军校的训练官，小说主人公约塞连所在的中队在派往海外之前，由他负责培训事宜。他"雄心勃勃而毫无幽默感"，"只有当圣安娜陆军航空基地某个跟他竞争的军官染上疾病久治不愈的时候，他才会微微一笑"。（《第二十二条军规》，71 页）作为后备军官训练团的毕业生，沙伊斯科普夫"很高兴战争爆发了"（《第二十二条军规》，71 页），因为战争给他提供了源源不断的学员，而他在将学员培训成标准士兵的过程中，权威得以施展，能力得以体现。

"沙伊斯科普夫"在德语中是"白痴"的意思，海勒所起的名字，暗示了沙伊斯科普夫缺乏任何人性品质，甚至缺乏性这一人类本能，为了阅兵，他多次拒绝妻子的求欢。他就是一台无情的训练机器，他只关心世界上的一件事——阅兵比赛。

沙伊斯科普夫少尉一心想在阅兵比赛中获胜，大半个晚上都在研究这事，他的妻子妖艳地躺在床上等他，一边翻看克拉夫特·埃宾的书，寻找最喜欢的章节。他读的是关于行进的书。他摆弄着几盒巧克力小兵，直到它们化在他手里才作罢，于是又调遣起一套塑料牛仔来，把它们排成十二人一列的队伍。这是他化名从一家邮购商店买来的，白天锁起来不让任何人看到。列奥纳多的解剖练习看来是必不可少的。一天晚上，他觉得需要一个真人模特儿，于是指挥他的妻子在房里行

进。(《第二十二条军规》,74 页）

作为战争催生出来的一部"训练机器",沙伊斯科普夫一开始的"运转"并不顺利。学员士气低落,"因为他们不愿意每个星期日下午受阅,还因为沙伊斯科普夫少尉从他们之中指派了学员军官,而没有允许他们自己推选"。苦恼的少尉表面向学员寻求帮助,实际是在发泄不满。只有"很有才智却全无头脑"的克莱文杰相信了他,并告诉他从学员中挑选一名军官。沙伊斯科普夫采纳了他的建议,并赢得了"黄色三角旗",这是一个表现良好的奖项。但他赢得锦旗后做的第一件事就是把克莱文杰送上军事法庭(《第二十二条军规》,71 页)。

克莱文杰专爱捣乱,又自作聪明。沙伊斯科普夫少尉知道,若不加监视,克莱文杰可能会闹出更大的乱子来。昨天想要推翻学员军官,明天或许就是整个世界了。克莱文杰颇有头脑,而沙伊斯科普夫少尉发现,有头脑的人往往相当精明。(《第二十二条军规》,72 页)

根据福柯的说法,规训权力允许同质性,因为它"预设了一个共同水平,一个可以衡量个体并将其排序的标准,而那些不在标准范围内的人会受到各种形式的规范和修补"。(《规训与惩罚》,18 页)作为一名培训官,沙伊斯科普夫的目的是将他的学员训练成符合标准的杀人机器,其唯一目标是服从上级的命令,就像他可以操纵的"巧克力士兵或塑料牛仔"一样。克莱文杰这样会思考、具有自主意识的士兵对沙伊斯科普夫来说意味着规训工作的失败,而前者替换学员军官的提议也被解读为对权威的挑战,因此成了规训权力的对象。

随后,沙伊斯科普夫试图"把每排十二个人钉在一根长长的二乘四英寸的风干橡木条上",或者"请钣金车间的一位朋友把镍合金钉打进每个学员的股骨,再用恰好三英寸长的铜丝把钉子和手腕连接起来"。(《规训与惩罚》,74~75 页)这些匪夷所思的想法之所以没有付诸实践,并不是因为人的关系,而是"因为如果不在每个人的腰背部嵌入镍合金旋轴,要做九十度转向是不可能的,再说要从军需主任那里拿到那么多镍合金旋轴,还有争取到医院外科医生的合作,沙伊斯科普夫少尉也完全没有把握"(《第二十二条军规》,74 页),"他还想到,学员们被这样拴住手脚,便不能在正式行进之前那感人的昏厥仪式上合乎规范地倒地,而不能合乎规范地昏厥可能会影响全队的得分"(《第二十二条军规》,75 页)。在沙伊斯科普夫看来,"训练有素的身体是任何姿势甚至最细小动作的运作条件"(《规训与惩罚》172 页)。一个优秀的士兵,他的每一步、每一个动作都必须经过精细的计算和规定。身体经过反复的操练与某种姿势相联,并强化至内心,形成习惯。

在规训士兵的同时,沙伊斯科普夫也成功地将自己物化成了一架精密的训练机器,一个拒绝了基本人性(厌恶性爱、拒绝与妻子同床)的战争"怪胎",他的唯一目的是生产出符合规格的学员产品,以便完美嵌入战争这一庞大机器。更具讽刺意味的是,沙伊斯科普夫最终将规训权力发挥到荒谬和恐怖的程度,发明了一种"双手实际上几乎根本不要摆动"的行进动作,在阅兵比赛中一鸣惊人,大出风头。他被认为是"真正的军事天才","自此开始了军阶的蹿升"(《第二十二条军规》,76 页),从少尉到中尉,再到上校。最后,海勒甚至让他直接越过佩克姆将军和德里德尔将军之间旷日持久的明争暗斗,成为统辖整支战斗部队的作战指挥官,而他上任后的第一条命令,就是"要求每个人都参加阅兵"(《第二十二条军规》,419 页)。由于沙伊斯科普夫的晋升,阅兵——这项原本只是军队消遣和军容展示的活动,成为作战部队最重要的任务。

3.2 佩克姆将军和卡思卡特上校——"老官僚"

福柯说:"话语不是主体的'一种表达现象',而是相反的;主体是主体所涉及的话语的一种表达或分散。"(1972)换句话说,不是主体产生话语,而是话语产生主体,主体的主体性在很大程度上受所在环境中主流话语的影响和支配。小说中出现的人物,即使是看似强大的人物,也自觉或不自觉地受到"军规"构建的话语权力体系的支配。如果说沙伊斯科普夫少尉是"军规"规训力量的代表,那么佩克姆将军和卡思卡特上校就是"军规"促使个体在所在体系中"向上爬"的化身。

卡思卡特上校被许多评论家视为推动小说大部分情节发展的"邪恶反派"。作为小说重点加以表现的一支作战部队的指挥官,卡思卡特上校具有举足轻重的地位和影响力。正是由于他不断提高飞行任务次数,而造成约塞连和他的战友们无尽的痛苦。"卡思卡特上校富有勇气,从不迟疑地主动请缨,让他的部下去摧毁任何既有的目标。"(《第二十二条军规》,55页)然而,尽管卡思卡特与下属的冲突提供了小说主要人物活动的主要背景,但仔细观察这一角色,尤其是在执行阿维尼翁任务期间,可以发现他与其说是"军规"的幕后推手,倒不如说他是"军规"的另一个受害者。

在题为《卡思卡特上校》的第十九章中,我们首先了解到卡思卡特是个矛盾综合体。他"圆滑成功而又懒散不快乐""既精力充沛又情绪低落,既泰然自若又时常懊恼""沾沾自喜却又没有安全感""英俊而缺乏魅力"(《第二十二条军规》,199页)。他的自我评估是他在军事系统中的地位,"卡斯卡特上校很是自负,因为他才36岁就做了指挥战斗部队的上校;卡思卡特上校又很气馁,因为他都36岁了才不过是个上校。"(《第二十二条军规》,199页)

接着我们读到:

卡思卡特上校就是这样一个不知疲倦的人，一个勤奋、紧张、专注、日夜为自己算计的战术家……他是个勇猛的机会主义者，贪婪地扑向科恩中校为他找到的每一个机会，随后又被可能遭受的后果吓得浑身颤抖，绝望得直冒冷汗……他是个狂暴、无畏的欺软怕硬之人，无法解脱地想着自己一直在给那些大人物留下可怕而不能磨灭的印象，殊不知他们几乎不知道世上还有他这么个人。（《第二十二条军规》，200 页）

取悦比他高的军官的冲动使他进入了"一个多变、算计的世界，其中充满了耻辱与荣耀，充满了压倒性的虚幻胜利和灾难性的虚幻失败"（《第二十二条军规》，200 页）。简言之，他是一个有动力、不快乐的人，一个充满矛盾和不确定性的人。在军事体系中，他不断地对比自己与他人，因为卡思卡特认为一个人的价值感与他的个人素质几乎没有关系，而是与他和他人的关系以及最终与他的职位有关。生活在这样一个"向上爬"已经成为政治正确的环境中，卡思卡特只能放弃其他的目标，被权势所裹挟。他一生中唯一的愿望就是成为一名将军，因为正如科恩曾说过的那样，"人们都教导我们要有更高的追求。将军比上校高，上校又比中校高，所以，我们都在往上爬。"（《第二十二条军规》，456 页）

卡思卡特的所有行为都可以归结为这个动机。他容忍科恩玩世不恭的援助，只是因为科恩比他更聪明，更善于想出计划，而卡思卡特也因此讨厌他。他不断提高手下的飞行任务次数，只是为了引起上级的注意；他把牧师叫到办公室，让他在飞行任务前主持祷告，"祈祷把炸弹投得更密集些"，以便登上《星期六晚邮报》。在科恩的推荐下，他在山上建了一座通风良好的房子，目的是创造一种这个房子是"一座寻欢作乐的金殿"的错觉，以便德里德尔将军或者佩克姆将军能注意到并要求加入。如同沙伊斯科普夫少尉把阅兵看得比和妻子亲热都重要，卡思卡特上校也是只有晋升的机会才能促使他考虑性活动："上校肯定不会浪费时间和精力跟漂亮女人做爱，除非这么做对他有好处。"（《第二十二条军规》，223 页）权力对性、对欲望的压制可见一斑。

斯蒂芬·W. 波茨曾对卡思卡特发表评论，称他是一个"没有灵魂、墨守成规"的人。他"对上级（佩克姆将军和德里德尔将军）左右摇摆、难以取舍的逢迎，对助手（科恩中校）又爱又恨的依赖与提防，对令他头疼的下级（约塞连）的束手无策、又恨又怕"（景虹梅），尽管看似掌握着官僚权力，但还是受到了"军规"所创立的制度及其伦理的伤害。他放弃自己的生活，屈服于向上钻营的所谓官场"道德"，时刻恐惧自己会在不经意的时候惹恼他认为的权威人物，从而断送自己的官场生涯。卡思卡特是小说构建的军事官僚体系中上层军官的一个代表，同他一样对"向上爬"有着深刻执念的还有佩克姆将军。

佩克姆是一名 53 岁的特种部队将军，英俊而有礼貌。"他是个感觉敏锐、优雅得体且久经世故的人，对每个人的缺点都很敏感，除了他自己的，觉得每个人都荒唐可笑，除了他自己。"（《第二十二条军规》，340 页）他甚至公开宣称："我唯一的缺点……就是没有缺点"。（《第二十二条军规》，341 页）洋洋自得的佩克姆认为，自己不仅应该获得博洛尼亚勋章（这实际上是约塞连开的玩笑。约塞连为了逃避博洛尼亚飞行任务，偷偷移动作战地图的作战线，使美军以为自己已经占领了博洛尼亚），而且应该有权指挥德里德尔将军的所有战斗任务，因为根据他的逻辑，"如果往敌人头上扔炸弹还不算特种任务，我就不知道到底什么是了。"（《第二十二条军规》，343 页）尽管他曾在德里德尔将军的领导下被邀请担任一个战斗职位，但他"非常遗憾"地拒绝了。（《第二十二条军规》，127 页）

"我所想的并不只是为德里德尔将军飞作战任务,"他宽容地解释道,"我更是在想替代德里德尔将军,或许超越德里德尔将军,这样我还可以指挥其他许多将军。"(《第二十二条军规》,127 页)

在佩克姆将军看来,他的敌人不是德国人,而是德里德尔将军。国家荣誉和个人得失在佩克姆心中,后者比前者要重要得多。当沙伊斯科普夫少尉第一次从美国抵达皮亚诺萨岛时,佩克姆将军明确地告诉了他这一点,并使沙伊斯科普夫误认为德里德尔将军是德国将军。佩克姆将军进一步解释道:

"不,沙伊斯科普夫。德里德尔是我们这边的,但德里德尔就是敌人。德里德尔将军指挥四个轰炸大队,我们必须把它们都夺过来,才能继续我们的进攻。攻克德里德尔将军,我们将得到飞机和至关重要的基地,这样才能把我们的行动扩展到别的领域……"(《第二十二条军规》,344 页)

佩克姆将军随后吹嘘地透露了他对抗德里德尔将军的具体方法。"我一直在通过议论和批评入侵他的管辖范围,这些事本来跟我毫不相干,他却不知道怎么办才好。他指责我企图削弱他的力量,我只不过回答,'第二十二条军规'请他注意他的过失,唯一目的就是要消灭低效率,增强我军的战斗力。"(《第二十二条军规》,344 页)简言之,佩克姆通过不断点评德里德尔的工作而扰乱后者的心绪,同时给他们的上级留下德里德尔办事不力的印象。在遭到德里德尔指控后,佩克姆将军又将自己的别有用心伪装成为国尽忠。显然,在争权夺利方面,老练的佩克姆将军比头脑简单的德里德尔将军更有优势。

佩克姆将军很高兴有沙伊斯科普夫少尉担任他的新上校。一方面,沙伊斯科普夫的加入可以增强佩克姆的实力,"属下新增一名上校,意味着现在就可以开始鼓动，要求再增加两名少校、四名上尉、十六名中尉和数不清的士兵、打字机、办公桌、档案柜、车辆以及大量的装备和给养。"（《第二十二条军规》，340 页）另一方面，沙伊斯科普夫上校软弱且容易屈服。"……佩克姆将军暗暗感谢命运之神给他派来这么一个懦弱的下属。"（《第二十二条军规》，343 页）

在德里德尔和佩克姆之间的权力斗争中，在粗鲁迟钝的老派军官和温文尔雅的新派军官之间，卡思卡特与后者暗中结盟，因为卡斯卡特从后者那里找到了同样的战争目标：自我提升。卡思卡特讨厌佩克姆将军的助手卡吉尔上校，他"毫无疑问有自己的野心，很可能一有机会就在佩克姆将军面前捣他的蛋"（《第二十二条军规》，226 页），因此卡思卡特试图用一切方法给佩克姆留下深刻印象：增加飞行任务的次数，命令手下执行最危险的飞行任务，痴迷于拍出漂亮清晰的航拍照片。"他们（卡思卡特上校和佩克姆将军）属于同一类人，这就足够了，他知道提升只是一个静待时机的问题。"（《第二十二条军规》，227 页）。但具有讽刺意味的是，他的所有努力似乎都毫无意义，因为第二十一章明确揭示他没有机会成为将军。

> ……首先，有个前一等兵温特格林，他也想当将军，总是歪曲、销毁、拒绝或者误递任何可能给卡思卡特上校增光的信件，无论是发自上校、寄给上校还是有关上校的。其次，已经有了一个将军，即德里德尔将军，他知道佩克姆将军正在觊觎他的位子，却不知怎样阻止他。（《第二十二条军规》，228 页）

为了达到讽刺目的，海勒巧妙地为佩克姆将军设计了一个类似"军规"的螺旋式戏剧性结局。他尽管离开了特种部队，在与德里德尔将军的权力争夺中获胜并接管了后者的作战指挥权，但并没有获得整个战场的最高指挥权。因为五角大楼在任命佩克姆将军为作战指挥官的那一刻就将战场最高指挥权移交给了特种部队，佩克姆对最高指挥权的追求成了一个残酷的笑话。更糟糕的是，佩克姆的离开使特种部队最高长官位置空悬，为沙伊斯科普夫上校成为特种部队的领导者创造了机会，从而使后者成为佩克姆的上级军官和整个战场的真正指挥官。佩克姆未能实现自己的愿望，而热衷阅兵的沙伊斯科普夫突然上升到权力的顶峰，无情地嘲笑了美国军队中权力分配的多样性和随机性。

3.3 米洛——"投机商"

如果说沙伊斯科普夫、佩克姆、卡思卡特等人是军事官僚主义的代表，他们的职位既赋予了他们随意摆布职位不如自己的军官或士兵的特权，也禁锢了他们自身的思维方式和行为方式，那么，米洛就是军事资本主义的象征，打着"爱国""平等"的幌子，贿上瞒下，疯狂攫取个人利益。

小说 42 个章节中有 37 个章节的标题都是以人物来命名，而司务长米洛中尉一人就独占三章，足见海勒对这个人物及其所负载的主题意蕴的重视。这三章分别以"市长米洛""米洛"和"勇士米洛"为题，既表明了米洛形象的多面性和复杂性，也解释了为何学者和评论家对他的解读呈现了多种变化。但无论如何，米洛都称得上是小说里唯一一位在战争中表现得游刃有余、如鱼得水的人物。他的成功，不是通过军阶的攀升，而是通过"人人有份"的商业辛迪加的构建，将所有人都网罗进他所编织的金钱美梦里，用金钱敲开权势的大门。他从寂寂无名到商业大鳄的经历，酷似另一个霍雷肖·阿尔格（19 世纪美国作家，其小说大多描述贫穷的少年如何通过正直、努力、少许运气以及坚持不懈最终取得成功）神话，只不过在这个神话背后，沾满了士兵们无数的鲜血和伤痛。

3.3.1 米洛的"生财之道"

"米洛"这个名字的第一次出现是在第二章。约塞连出院回到中队，发现米洛外出收获无花果，"米洛不在，食堂照样正常运转"（《第二十二条军规》，17 页）。接着，作者故意避开对米洛的正面描写，反而半遮半掩，有种未见其人先闻其名的感觉。读者在猜测米洛身份的同时，又一次侧面感受到了军队体系的自足性——人可以缺席，但规则照常运转。后面我们知道米洛是位称职的司务长，可以让约塞连这样的下级军官美餐一顿，同时和上级军官关系颇好，"（意大利侍者）是科弗利少校从欧洲大陆拐骗来再交送米洛的"（《第二十二条军规》，17 页）。

直到小说的第七章，海勒才让我们和米洛见了面。他"单纯""真诚""正直""坦率"，有着"清正不移者的脸，他绝不能有意识地违背他的美德所依赖的道德准则，正如他不能把自己变成一个遭人厌弃的可鄙小人"（《第二十二条军规》，65 页）。同时，米洛的话语也极具迷惑性和诱惑力，"我要做的，就是让中队弟兄们吃上全世界最好的饭菜"（《第二十二条军规》，65 页）。随后，在米洛主动请缨、从约塞连那里"借"一袋去核枣子和偷床单的贼做交易时，我们又隐约感到了米洛的狡猾和冷酷：第一，交易的物品都非米洛所有（小偷拿的是邓巴的床单，去核枣子是约塞连的），但最后米洛让自己得到了回报（四分之一的床单）；第二，交易的过程具有欺骗性，"因为他（偷床单的贼）一句英语也不懂，我打定主意整个交易过程都讲英语"（《第二十二条军规》，67 页）；第三，交易获利的单向性和掠夺性，"其实为他（偷床单的贼）担心是没有道理的，因为他连我们的语言都不会讲，什么结局都是活该"（《第二十二条军规》，68 页）。

后面几章对米洛着墨不多，但仍以侧面描写的方式向读者揭示了他的发家史：首先，通过向科弗利少校、卡思卡特上校、德里德尔将军许诺新鲜的鸡蛋（变相的贿赂），并兜售其动人的食堂经营计划而获得了司务长的职位和使用战斗机和飞行员的特权，用于"食堂采购"；而后，因为源源不断的美食而轻松赢得整个司令部下属四个飞行大队、八个飞行中队的司务长职务，权力和影响力进一步扩大；其间特意提到卡思卡特的梅子番茄可以售卖给米洛，又一次表明米洛对上级军官的笼络和讨好。

在题为《市长米洛》的第二十二章，米洛终于向约塞连揭晓他如何以每个 7 美分的价格从马耳他买到鸡蛋，然后以 5 美分一个的价格卖给军队食堂，还能赚到钱的秘密，这进一步揭示了米洛的诡诈狡黠。这套玄妙非常、令人费解的赚钱操作其实和米洛之前借用约塞连枣子和偷床单的贼做交易如出一辙：首先，使用军队伙食费，假借他人之名低价在西西里岛大批进购鸡蛋，垄断当地的鸡蛋销售；接着，把鸡蛋秘密运往马耳他，以倾销的方式自主定价，哄抬鸡蛋价格；然后，以"食堂采购"为名，用食堂经费高价收购鸡蛋；最后，以略低于采购价的金额"便宜"卖给食堂。几经倒手，一只鸡蛋净赚 4 美分，还落了一个"慷慨能干"的美名，巩固了军队上下对他的信任和依赖，增强了自己对食堂的实际操控权。米洛随后说，"我卖给卡思卡特上校的那些梅子番茄也是这么回事"（《第二十二条军规》，246 页），几经买卖，"他们（卡思卡特上校和科恩中校）每个番茄赚 1 美分，我每个赚 3.5 美分"，"辛迪加得到了卡思卡特上校和科恩中校的支持，这样他们就会派我出肥差"（《第二十二条军规》，246 页）。

在题名为《米洛》的第二十四章，海勒集中解释了米洛的"生意经"：第一，用军队食堂经费投机倒把，攫取利益；第二，满足上级军官的个人私利并铲除不合作的军官，获得大批飞机和飞行员的支配权，将"生意"进一步扩大；第三，通过提高食堂伙食质量、宣扬"人人都有股份"来获得下级军官及士兵的支持，并掩盖其"私营企业"的性质。讽刺的是，米洛的投机倒把、贿上瞒下不仅没有受到惩罚，反而让他的势力范围一扩再扩。从一开始只是一个飞行中队的司务长，到后来兼任整个司令部的司务长，到这一章，"米洛已经封了爵，获皇家威尔士步枪团的少校军衔"（《第二十二条军规》，251 页）。他的影响力甚至超过了军队、国界，成为"巴勒莫的市长、马耳他的副总督、奥兰的代理君主、巴格达的哈里发、大马士革的伊玛目和阿拉伯的酋长"，甚至"在那些落后地区，米洛是谷物之神、雨水之神和稻米之神"（《第二十二条军规》，252 页）。因此，有不少评论家认为米洛是小说中"权力最大的人"（胡晓军）。

3.3.2 米洛的"爱国主义陷阱"

福柯成长时期的法国正处在战后社会动荡不安的时期，各种思想和学说迸发，不再处于一种绝对二元的境地，所以他的学说对"普遍事物""绝对真理""绝对正义"等观念持怀疑态度，认为这种普适性已经不能够有效解答现在的政治和社会问题。小说中米洛在自制发行的"股票"上印着"凡是有益于 M&M 辛迪加联合体就是有益于国家"，将维护企业拔高到热爱国家的高度，利用爱国主义做幌子，掩盖其与军事官僚机构官员沆瀣一气、攫取私利的丑恶事实。

米洛·明德宾德的飞机从四面八方飞回来，歼击机、轰炸机和运输机川流不息地涌进卡思卡特上校的机场，飞行员都是听从调遣的人。飞机上原先都装饰了艳丽的中队徽标，图示着这样一些值得称道的理想，如勇敢、力量、正义、真理、自由、博爱、荣誉和爱国主义等，却被米洛的机械师立刻用哑光白漆连刷两层涂掉了，代之以俗艳的紫色模喷名字：M&M 企业，精品果蔬。"M&M 企业"中的"M&M"代表米洛和明德宾德。米洛坦率地透露，这个"&"是有意插入的，为的是消除辛迪加是一个人经营的印象。（《第二十二条军规》，268 页）

不难理解，海勒这段颇富寓意的描写，正是为了说明"正义""真理""爱国主义"等口号只能迷惑像内特利、克莱文杰这样的笃信者，一旦遇到个人利益，只会被卡思卡特、米洛之流无情地抹杀。连当时敌对国德国的飞机，也可以经过改造，服务米洛的辛迪加，因为在米洛看来，个人利益远超战争意识和国家观念。资本主义对利益的追逐，可见一斑。

如果说在小说的前半部分，米洛的形象是精明能干、自私自利，最"出格"的事就是挪用食堂经费投机倒把，那到小说的中间部分，在题名为《米洛》的章节，读者对米洛的印象则急剧恶化。"以做买卖的方式来对待它（战争）"（《第二十二条军规》，271页）的米洛利欲熏心、不择手段，将交易的范围从食品扩展到军需物资，甚至跨越国界，和敌对国签订军事合约。当利益的获取放置在战争的大背景下，米洛的双手不可避免地沾染上鲜血，而他精心编造的爱国主义谎言也随之土崩瓦解。

马德是第一个因为米洛而死的士兵。由于飞机可以"通行各处"，米洛和美军签订合同，负责轰炸德军守卫的一处公路桥。同时，米洛又和德军签订合同，负责保卫这座公路桥。和米洛之前的那些交易一样，米洛得利，"他们每击落一架飞机就付我一千美元"；他人受损，马德"来报到那天就在目标上空送了命"。（《第二十二条军规》，271页）

第二桩与米洛联系起来的人命官司，是斯诺登。全书像梦魇一样反复出现的斯诺登之死，令人难以忘怀。德军的高射炮弹片贯穿斯诺登腹部，而可以镇痛的吗啡却不翼而飞，取而代之的只是一张印有"有益于 M&M 企业就是有益于国家"的纸条。打着"人人有股份"的旗号，米洛堂而皇之地交换或盗取用于保障战斗人员生命安全的军用物资——飞机上的吗啡、降落伞，救生衣里的二氧化碳充气筒等——进行贩卖和交易，对士兵的伤痛和生命则采取了一种麻木、漠视和轻贱的态度。

米洛和德军签订合同并趁着夜色轰炸己方军队的举动显然是海勒对美军"北部湾事件"的戏仿和嘲弄。20 世纪 60 年代，为了使出兵越南合法化，美国军队在北部湾自编自导自演了一出被北越舰队挑衅并开火的戏码，成功使战事升级。战争军需的旺盛在第二次世界大战后持续刺激着美国军工经济的发展，使之成为美国扩大生产规模的一个重要因素，也直接拉动了美国的就业率。"北部湾事件"典型反映了战争为政治所利用的事实，唤醒人们看清战争背后的权力与金钱的控制和交易。

……米洛所有战斗机和轰炸机一起起飞，在基地上空编好队形，随后便开始向自己的空军大队投起炸弹来了。他又和德国人签了一个合同，这次是轰炸他自己的装备。米洛的飞机分成几路协同攻击，轰炸了机场的油料库、军械库、修理棚和停在棒糖形停机坪上的 B-25 轰炸机……我们轰炸了所有四个中队、军官俱乐部和大队指挥部大楼。士兵们惊恐万分地钻出各自的帐篷，不知往哪个方向奔逃才好。很快，受伤者躺得到处都是，他们痛苦地尖叫着……也射穿了吧台前站着的一溜中尉和上尉的腹背……（《第二十二条军规》，273 页）

整个轰炸过程"丑陋""诡异"，连残暴的卡思卡特都承认"这是他有生以来目睹的最具启示性的景象"（《第二十二条军规》，273 页），充满了世界末日的既视感。跟随着卡思卡特的视角，我们稍后明白，米洛当时正站在指挥塔，拿着话筒指挥轰炸任务，扮演上帝的角色，决定着人的生死。"指挥塔"这一意象，本来应该是保护、指引之意，但在这里变成了海勒笔下的"圆形监狱瞭望塔"，塔内塔外的不同站位，揭示了"米洛为屠夫，士兵为鱼肉"的残酷事实。

比轰炸原因更令人齿冷的，是轰炸后的戏剧性结局。造成这一人间炼狱的米洛，因为"他赚得的巨额利润"和"他可以向政府赔偿他所造成的人员及财产损失"(《第二十二条军规》，275页)，而被免于惩罚。而在"爱国主义"谎言下丢了性命的士兵，就像庞大战争机器上的零件，被随意安装、拆卸、丢弃和放在秤盘上买卖。米洛战争投机商的嘴脸至此暴露无遗，掠夺和敲诈变得愈发肆无忌惮。

3.3.3 米洛的"巧克力裹棉花团"

在《词与物》一书中，福柯提出"人之死"的概念，认为人是在这个社会中被各种权力和话语建构出来的，早已不是出生之时的天然的本真状态，而是社会各种规约、制度的产物。如果说卡思卡特的焦虑来自军事官僚主义"向上爬"的役使，米洛的困惑则来自他对资本主义金钱观的过度认同。

虽然被免去了飞行任务，但作为"M&M辛迪加联合体"的实际操盘手，米洛"獭皮般褐色的皱纹深深地、永久地刻进了他忧虑过度的脸，使他憔悴不堪，显得既清醒理智又满腹疑虑"。(《第二十二条军规》，269页)追逐利益不但改变了他的外貌，还占据了他全部的心神，成为他一切行为的唯一动因。

> 但米洛听不进去，只是一味往前推，不算凶猛却也无法阻拦。他头上冒汗，双眼狂热地燃烧着，嘴唇抽搐、口水直淌，好像被某种盲目的执着攫住了。他平静地呻吟着，好像处于某种微弱的、本能的焦虑之中，嘴里不停地重复着："非法烟草，非法烟草……"约塞连终于知道根本没法跟他讲道理，只好沮丧地给他让路。米洛像子弹一样冲了出去……(《第二十二条军规》，441页)

米洛在小说中唯一一次失误，就是他大批收购棉花，却发现没有市场可以抛售。以往运用纯熟的低价买入、垄断市场，再高价卖出的伎俩遭遇反制，因为"每次他（米洛）成功地在国际市场上亏本脱手一批（棉花），黎凡特地区那些狡猾的埃及掮客就统统吃进，再以合同原价卖回给米洛"。(《第二十二条军规》，273 页）他的辛迪加里的食堂、最可靠的朋友德国人也拒绝帮助他。米洛靠利益建立的朋友关系，也因为利益而抛弃了他。走投无路的米洛，将棉花裹上巧克力请约塞连试吃，希望向食堂证明棉花的"可吃性"，然后卖给食堂。

米洛的巧克力裹棉花球，是小说中重要的意象之一。米洛的产品将缺乏实质、对人体毫无营养的棉花隐藏在诱人的外表之下，讽刺了米洛建立的辛迪加表面"人人有股份"，内里却是米洛私有的事实。同时，米洛邀请约塞连试吃巧克力棉球的场景选择也很有《圣经》寓意。一些学者指出，约塞连因为斯诺登死时鲜血溅到军服上而拒绝再穿，赤身裸体地坐在树上，充当了亚当的角色。而缓慢爬到树上，邀请约塞连试吃的米洛，是化身毒蛇、诱人犯罪的魔鬼。不远处，是斯诺登的葬礼。个体的消亡被消声、被忽视、被迫化为背景，为米洛的赚钱计划让路。然而就笔者来看，与其说米洛是魔鬼，倒不如说他自己是被魔鬼用金钱迷失了心智的人，慢慢褪去人的属性，而成为金钱的奴仆和赚钱的工具。所以，海勒借约塞连之口，对米洛做出评价——"约塞连也觉得米洛是个笨蛋，但他还知道米洛是个天才"(《第二十二条军规》，269 页），不通人性，但是个商业奇才。

正如福柯所言，个体处在权力网络的各个交叉点，其行为受所在位置的支配。在由"军规"构建起来的自上而下的军事体系中，身处高层的上级军官看似拥有话语权，可以随意命令下级，改变训练、作战计划，但为了保住位子甚至"向上爬"而费尽心机。而组建商业辛迪加的米洛，用金钱贿赂上级军官，掌握了类似卡思卡特、佩克姆的权力，但在"金钱至上"的理念下，退化为赚钱机器。如果这些将军和上校们都在不同程度上成为权势关系的受害者，那么处于等级制度底层的普通士兵呢？

第四章 "军规"之下

根据福柯的观点，权力和话语是密切相关的。当我们能够区分被选为言说者的个人和被设计为倾听者的个人时，权力结构被表明，话语机制被揭示。一方面，言说者通常是制度的延伸，被认为是话语意识形态的象征。他／她的角色定义了整个群体的目的和活动。另一方面，倾听者被剥夺了发言权。即使他／她说话，他／她也在话语意识形态的限制范围内说话。在《第二十二条军规》中，普通士兵和低级别军官被排除在决策之外，被视为棋子和武器，随时可能为了指挥官的利益而牺牲。更有甚者，有些士兵在话语机制的规训下，失去了自主性和自我思考的能力，成为上级军官的"合谋者"，赞同并维护让他们没有发言权的制度。

4.1 沉默者

《第二十二条军规》中充满了无声的士兵：一个害怕同帐篷的伙伴会谋害自己而整夜做噩梦、最后独自生活在森林深处的士兵（弗卢姆）；一名全身都是白色绷带并以自己的排泄物为食的士兵（"浑身雪白的士兵"）；一个在"浑身雪白的士兵"再次出现的医院大声呼喊并被上级"失踪"的士兵（邓巴），等等。在接下来的部分中，本文将聚焦马德、丹尼卡医生、饿鬼乔和梅杰少校等人物，借他们的经历，或者说是"遭遇"，揭示官僚军事制度的荒谬和残酷。

4.1.1 马德和丹尼卡医生——"虽死犹生" VS "虽生犹死"

在《规训与惩罚》一书中，福柯对从古至今各种用来约束人类的纪律策略和技巧进行了系谱学研究。他发现，古时候对人的控制主要通过肉体的惩罚甚至酷刑来完成。进入现代社会，肉体的酷刑被看似"柔化"的精神控制所取代。精神控制的手段之一就是检查，而检查往往意味着把个体引入文件领域。所有的个体都被记录和识别，大量的文件和身份证明使有关该个体的一切都为人所知。这个个体变成了一个"案例"——医学的、心理学的、科学的、司法的等。个体通过检查变成一个可以被研究、改变、折磨和惩罚的对象。也就是说，任何识别和描述个体的书面话语都会使当权者将个体视为可操纵的对象。总之，"这些文件俘获了人们，限定了人们。"（212~213 页）《第二十二条军规》中的人物或多或少受到了军队中冗繁的文书工作的影响，其中两个突出的例子是马德和丹尼卡医生，他们甚至被文件剥夺了生存或死亡的权利。

马德是皮亚诺萨岛的替补飞行员。他刚登上小岛，还没来得及登记就被派去执行飞行任务，因为当时有太多人完成了规定的 35 项飞行任务，以至于皮尔查德上尉和雷恩上尉发现很难召集到小组指定的人数。不幸的是，两个小时后，马德在那次任务中丧生。事故的过程很清楚，但他的死亡成为军队中一个棘手的问题。陶塞军士拒绝承认这样一个名字从未出现在官方名册上的人的死亡。如果他从来没有正式进入中队，他就永远不会因死亡被正式除名。因此，马德虽然身体死亡，但无法被文件证明死亡，他变成了约塞连帐篷里的一个死去的"活人"，一个"从来没有机遇的无名战士，因为关于一切无名战士，人们知道的也就只有一点——他们从来没有机遇。"（《第二十二条军规》，113 页）

小说中与马德互为镜像的是丹尼卡医生。丹尼卡只关心三件事：保持健康；避免惹卡思卡特上校不高兴，因为后者有权将他转移到疾病丛生的太平洋；在没有实际登机的情况下积累飞行时间，"而飞行时间是为领取飞行津贴，每月必须花在飞行上的时间"。（《第二十二条军规》，30页）医生治病救人的职责并不是他的首要任务。事实上，任何所谓的"救治"都是由医护人员格斯和韦斯经管的，而经管的方式则是僵化到可笑的"照本宣科"。

> 他们已经成功地将医学提升为一门精确的科学。凡在就诊伤病员集合时查出体温超过一百零二（华氏）度者，一概紧急送往医院。凡在就诊伤病员集合时查出体温低于一百零二（华氏）度者，除约塞连外，一概用龙胆紫溶液涂抹牙龈和脚趾，并每人发一粒通便药。这药马上就被扔进了灌木丛。凡在就诊伤病员集合时查出体温正好是一百零二（华氏）度者，一概被要求一小时后回来，重新测量体温。（《第二十二条军规》，30页）

作为向约塞连解释"军规"第一层含义的人，丹尼卡清楚地明白"第二十二条军规"的邪恶力量，并想尽一切办法保护自身。因此，丹尼卡虽十分犹豫，但还是拒绝给好友约塞连开证明其疯狂的诊断；在卡思卡特上校暂停病假，以防止他的士兵装病避免危险的轰炸任务后，丹尼卡也只是"坐在高脚凳上消磨时间，以悲伤的中立态度，无言地吸收凄然爆发的恐惧，像一只忧郁的兀鹰，歇息在医务室封闭的大门上那块不详的手写牌子的下方"。（《第二十二条军规》，114页）

但最终，冷眼旁观的丹尼卡也被拽进了"军规"神秘恐怖的力量之中。之前为了在避免飞行的前提下积累飞行时长，丹尼卡拜托约塞连或约塞连的好友麦克沃特在执行任务时把自己名字加上。麦克沃特驾驶飞机撞山后，名字列在飞行日志上的丹尼卡被军方登记为死亡并除名。"陶塞军士抹去一滴眼泪，从中队人员花名册上勾掉了丹尼卡医生的名字"。（《第二十二条军规》，363页）然后，陶塞带着沉重的心情来到医疗帐篷，告诉格斯和韦斯丹关于丹尼卡的死讯，即使他在去那里的路上就遇到了丹尼卡本人。自此，关于他死亡的记录战胜了他活着的现实。中队里的每个人都认为丹尼卡已经死了，尽管他站在他们中间，每个人都能看到。格斯和韦斯拒绝对他进行治疗，"你已经死了，长官"（《第二十二条军规》，364页）；他的工资被取消；他再也不能在军官餐厅吃饭了。绝望之下，丹尼卡写信给他的妻子，告知他还活着，竭力促请她不要理会任何有关他的坏消息。然而，他的信被经济收益——各种养老金、福利和人寿保险结算——以及卡思卡特上校的一封书面信淹没了：

亲爱的丹尼卡夫人、先生、小姐或先生和夫人：

　　您的丈夫、儿子、父亲或兄弟阵亡、负伤或战场失踪，对此本人深感悲痛，无法用言语形容。（《第二十二条军规》，367页）

马德和丹尼卡医生的遭遇，在海勒看来，是官僚主义真理作用下结出的苦果。个体被文件书写和掌控，个体的真实是文件真实，而不是事实真实。在这种官僚主义真理的控制下，人既没有生存的权利，也没有死亡的自由。因此，已故马德的灵魂必须漂浮在约塞连的帐篷之中，但活着的丹尼卡医生的身体必须小心地隐藏起来，不让人们看到。

4.1.2 饿鬼乔——倒错的人生

饿鬼乔是被战争和军队扭曲、非人化的典型，是海勒笔下的又一个"军规畸人"。海勒对饿鬼乔参军之前的生活并未多作介绍，大量的笔墨用来描写他参军后的遭遇。在"军规"的操纵下，饿鬼乔有了和普通人相反的感官反应和价值观，靠噩梦和尖叫发泄自己的焦虑和恐惧。

服役初期，饿鬼乔是一个"空军英雄"，"飞过的作战任务比其他任何空军英雄都多"。因此，彼时对军队和国家还心存信任的约塞连把饿鬼乔当成效仿对象，希望完成飞行次数、荣归故里。饿鬼乔本人当时也抱有此种念头，所以"在屯住萨莱诺滩头堡的一周之内，饿鬼乔就完成了他的前二十五次飞行任务"，然后"打点行装，给家里写报喜的信"，"打探让他轮换回国的命令是否已经下达"。（《第二十二条军规》，53 页）

但一切希望都在卡思卡特上校接任大队指挥官并不断提高飞行任务后破灭。"饿鬼乔再也受不了等待命令递送的极度紧张"（《第二十二条军规》，53页），用倒错反应来缓解压力。例如，正常的士兵会在完成规定的任务后平静入睡，但饿鬼乔会在更多任务下达后平静入睡；完成规定任务、打包等待回家的间隙，饿鬼乔反而会做噩梦并尖叫出声。军队成功地将饿鬼乔规训成一个脱离军队和飞行任务就无法正常生活的人。

总之，饿鬼乔变成了一个怪人。正如他的名字表明的那样，饿鬼乔给人一种营养不良、无法自控之感。

饿鬼乔是个易于激动、憔悴虚弱的倒霉蛋，脸上没有多少肉，暗黑的皮肤，嶙峋的骨头，双眼后面黑洞洞的太阳穴上抽搐的青筋在皮下蠕动，就像切成数段的蛇。那是一张凄苦、凹陷的脸，因为忧虑而发乌，恰似一座废弃的矿城。饿鬼乔吃东西狼吞虎咽，没事总在咬手指尖，说话结巴，常常噎住，身体发痒，流汗，流口水……（《第二十二条军规》，52 页）

除了外表的变化，高度的压力和紧张也损害了饿鬼乔的神经。他情绪脆弱，容易受到各种环境事件的影响；他得了"运动表象型过敏症"，周围细小重复的声音（如阿费抽烟的声音、奥尔修补东西的声音、麦克沃特玩扑克的声音、多布斯"跌跌撞撞"的走路声和"咯咯"的牙齿打战声等）也能让他情绪崩溃，甚至同帐篷的赫普尔的手表的滴答声也使他痛苦不堪，无法入眠。

作为邪恶的受害者而不是加害人，饿鬼乔奇怪的面容和举动引发读者的更多是同情，而不是反感和厌恶。残酷的战争环境和腐化的军队官僚侵蚀了他的人性，扭曲了他的灵魂，使他对自己的病态毫无所觉。

……约塞连看饿鬼乔那张憋缩的脸，就像在读报纸头条。饿鬼乔神色阴郁，表明情况良好，而如果他气色不错，那事情就很糟糕了。饿鬼乔这种倒错的反应，每个人都觉得是一种奇怪的现象，只有他本人固执地一口否认。

"谁做梦？"约塞连问他梦见些什么，饿鬼乔回答道。

"乔，你为何不去看看丹尼卡医生？"约塞连劝说道。

"我为什么要去看丹尼卡医生？我又没病。"

"那你的噩梦呢？"

"我没做过噩梦。"饿鬼乔撒谎道。

"或许他有办法治。"

"做噩梦又没有什么不对，"饿鬼乔答道，"人人都做噩梦。"

约塞连心想他已经上当了。"每天晚上？"他问。

"为什么不能每天晚上？"饿鬼乔反诘道。

于是突然间一切都变得非常合理。为什么不能每天晚上，嗯？每天晚上在痛苦中叫喊很合理……（《第二十二条军规》，54 页）

做梦的乔，在具有心理学知识的约塞连看来，正在经历一种神经官能症

（neurosis）的病理性体验，即"被固着于过去的某一部分而无法挣脱，以至于当下和未来都在与其纠缠"（弗洛伊德）。卡思卡特不断提高飞行任务次数，回家遥遥无期，是饿鬼乔噩梦的根源，而他在执行飞行任务时的经历成了他噩梦的素材。作为战场上的士兵，饿鬼乔看到了太多残酷血腥的战争场面，由此引发的焦虑、恐惧在梦中得到了很好的宣泄和释放，所以，起初劝说饿鬼乔去医院治疗的约塞连最后改了主意——在这个疯狂的皮亚诺萨岛，"每天晚上在痛苦中叫喊很合理"。（《第二十二条军规》，54 页）

除了战争场面，饿鬼乔还常常做赫普尔的猫闷死自己的噩梦，所以，乔和这只猫进行了几次精彩的打斗。一个男人和一只普通家猫的战争在人们看来十分滑稽和可笑，但在意识到饿鬼乔是在为保护自己的生命而战时，笑声戛然而止。饿鬼乔和猫之间的敌对和海勒对此戏剧性的描写，与其说是幽默可笑，不如说是恐怖可悲。

那天深夜，饿鬼乔梦见赫普尔的猫睡在他脸上，憋得他透不过气，而醒来时，赫普尔的猫就是睡在他脸上。他的痛苦骇人至极，那尖厉、怪异的号叫，划破了月下的黑暗，像一股毁灭性的冲击，回荡良久。随后是令人麻木的沉寂，接着他的帐篷里又传来一阵放纵的喧嚣。

约塞连是最先去那里的几个人之一。当他冲进帐篷时，饿鬼乔手里早拿着枪，正拼命挣脱被赫普尔扭住的胳膊，要开枪打那猫。那猫则不停地号叫着，凶猛地作势欲扑，要使他分心，免得开枪打了赫普尔。两人都穿着军用内衣。头顶上放的透明玻璃灯泡吊在松弛的电线上，正疯狂地摇荡着，纷杂的黑影乱作一团地不停旋转、晃动，整个帐篷也因此像是在旋转。约塞连本能地伸出双臂以求平衡，然后朝前直扑过去，一个不可思议的俯冲，把三名斗士一起撞翻在地，压在身下。他从混战中脱开身，一手揪住一个家伙的后颈——饿鬼乔和那猫的后颈。饿鬼乔和那猫凶狠地彼此怒视。那猫冲着饿鬼乔故意地号叫，饿鬼乔猛地挥拳想揍扁它。

"要公平对抗。"约塞连裁定道。于是那些惊恐万状的人全都大大松了一口气，开始欣喜若狂地喝彩。"我们要公平对抗。"约塞连把饿鬼乔和猫带到外面，依旧一手揪住一个家伙的后颈，把他们分开，然后正式解释道："可以使用拳头、牙齿和爪子，但不能用枪。"他警告饿鬼乔："不准嚷。"他严厉警告那猫："我一放开你们，就开打。双方扭在一起就马上分开，接着再打。开始！"

周围聚集了一大群特爱看热闹的无聊人，可是当约塞连松手的时候，那猫竟立刻害怕起来，可耻地逃离了饿鬼乔，像个卑劣的懦夫。于是宣布饿鬼乔获胜。他高昂起皱缩的头，直挺着干瘦的胸腔，脸上挂着优胜者自豪的微笑，得意地阔步而去。他得胜归来，又梦见赫普尔的猫睡在他脸上，憋得他透不过气来。(《第二十二条军规》，137 页)

毫无疑问，"饿鬼乔确实疯了"(《第二十二条军规》，29 页)，因为没有一个头脑正常的人会相信老妇人们关于猫窒息婴儿的故事。但是，当约塞连在小说结尾得知饿鬼乔的结局时，他与赫普尔的猫史诗般的战斗就由滑稽变成了宿命般的恐惧。

……"我才明白，"他叫道，"他们夺走了我所有的伙伴，不是吗？剩下的只有我和饿鬼乔了。"他看见牧师的脸色变得煞白，不由得恐惧起来。"牧师，怎么了？"

"饿鬼乔死了。"

"上帝啊，不！执行任务时吗？"

"他睡觉时死在梦中，他们发现他脸上趴了一只猫。"

"可怜的杂种，"约塞连说着哭了起来，侧过头去把眼泪藏在肩窝里……(《第

二十二条军规》，468 页）

在《主体性与真相》一书中，福柯进一步扩大了弗洛伊德的释梦理论对梦境主体的限制，认为整个梦境都代表着做梦者主体，梦境所展现的不只有被压抑的欲望，还可能揭示出主体的其他情感，甚至主体对自身命运的预期。在"军规"控制的荒谬世界，连没人当真的迷信也最后成真。在庞大的军事机器中，饿鬼乔逐渐失去主体性，被扭曲成一个瘦弱的、只擅长空战的噩梦狂患者，最后，甚至失去了生命。

4.1.3 梅杰少校——姓名即命运

从多个角度来看，这些受害者中最可悲的是梅杰少校。军事系统中官僚主义和官僚作风所能造成的巨大危害在他身上展现得淋漓尽致，他的遭遇，也表明了海勒对美国军队，甚至整个美国社会的讽刺和不满。从最后一个意义上讲，军队或其他任何一个社会机构都适用一个"军规"——第二十二条军规，其终极含义是"他们有权做任何我们无法阻止他们做的事情"（《第二十二条军规》，407 页），或者"强权即公理"。就少校而言，他面对的第一个强权代表就是他的父亲。

梅杰的父亲身上集中了海勒对美国文化中理想农民形象的讽刺和解构，即"一个敬畏上帝、热爱自由、遵守法律的彻底的个人主义者"（《第二十二条军规》，86 页）。"他的专长是种植紫花苜蓿，挣了很多的钱，因为一颗没种。政府为他没有种植的每一蒲式耳苜蓿，付给他一笔很不错的钱。"（《第二十二条军规》，86 页）他将利润投资于购买更多的土地，这样联邦政府就可以支付他不种植更多苜蓿的费用。当然，联邦政府因为农民不种植某种作物而给他们补贴并不是海勒为了讽刺而编造的情节，这确确实实就是美国农业部的政策。

难怪梅杰的父亲认为"联邦援助若不给予农民，就是奴性社会主义"。(《第二十二条军规》，81页)

正如福柯在《规训与惩罚》一书中所阐述的那样，即使在当代社会中，家庭关系也保留着各种形式的等级，也就是说，父母和孩子之间存在着不平等和压制关系。作为一个孩子，少校没有能力阻止父亲在给他取名的事上开玩笑——在出生证明上写下"梅杰·梅杰·梅杰"，并谎称他给儿子取名为"凯莱布·梅杰"。这一残酷的笑话破坏了梅杰的身份意识和社区认同——他不再知道自己是谁。"他的玩伴都离开了他，再也没有回来，他们就是这样不大愿意相信陌生人，尤其是假装成他们认识多年的朋友而欺骗他们的人。没人愿意跟他有任何瓜葛"。(《第二十二条军规》，88页)渴望有人陪伴的梅杰变得羞怯而乖巧，但具有讽刺意味的是，他得到的回应不是接受，而是疏远，连梅杰少校恭敬的长辈们也不喜欢他，"因为他竟如此明目张胆地置约定俗成的传统规范于不顾"。(《第二十二条军规》，85页)

梅杰入伍后，他的身份危机进一步加剧。在军事系统中，"梅杰"一词与特定的军衔联系在一起（英文中，"梅杰"和"少校"是同一个单词"major"）。当一台"幽默感几乎跟他父亲一样敏锐"(《第二十二条军规》，89页)的 I.B.M 机器在梅杰还是培训学校的学员时就将他提拔为"少校"，梅杰的生活反而变得更加艰难。他的存在就是个耻辱——名字叫"梅杰"却不是个"少校"。因此，在杜鲁斯少校去世的那一刻，他被卡思卡特上校提拔为少校并担任中队指挥官。具有讽刺意味的是，正如卡思卡特上校明确表示的那样，尽管梅杰有头衔／名字，但他并没有任何职能。"但是别以为有什么了不起，它算不了什么"(《第二十二条军规》，91页)。事实上，梅杰少校成了士兵叛乱和卡思卡特上校独裁统治之间的缓冲区，前者可以假装没有认出变装来打球的梅杰而痛扁他，后者可以把繁重无用的文书工作推给他。正是因为梅杰清楚自己的处境，所以在约塞连为了不继续执行飞行任务而请求他帮助时，会明确拒绝——

"对不起，"他说，"可我无能为力"。(《第二十二条军规》，108 页)

更荒谬的是，正如后面章节所暗示的那样，少校也因为他的名字而被困在"少校"的位置上。他永远不会被提升为上校，也不会被降级为上尉。他的名字决定了他现在是，而且将来也只会是一名少校。

梅杰是个没有野心的人。卡思卡特对他的突然提拔使他陷入了无尽的痛苦。他以前交的朋友现在成了他的下属，他们既害怕又恨他，"那熟悉、无法突破的孤独感像令人窒息的烟雾一样再次飘来，将他团团困住"(《第二十二条军规》，58 页)。同事们嫉妒他，尤其是那个渴望这个职位很长时间的人——布莱克上尉。

美国学者罗伯特·梅里尔在其著作《约瑟夫·海勒》(1987) 中指出，"小说中布莱克推动的"光荣的忠诚宣誓运动"显然是以参议员约瑟夫·麦卡锡的举措为蓝本的"(25 页)。20 世纪 40 年代末 50 年代初，美国和苏联从战时盟友逐渐变成了对手，一些美国人认为苏联试图在美国政府安插间谍、培育"亲苏"人员，美国政府有被颠覆的风险。1946 年，杜鲁门总统为了取得选举优势，签署"忠诚宣誓书"，在联邦政府每个部门都成立了忠诚度委员会，授权联邦调查局对政府雇员进行检查。如果有"合理理由"怀疑其对政府的忠诚度，就可以将其解雇。后来，此项运动在麦卡锡的操控下进一步泛化。

"忠诚调查"是麦卡锡主义对公众生活产生巨大影响的工作之一。在这项工作中，从政府部长到邮递员，从大学教授到普通百姓都可以毫无理由地被怀疑，遭到起诉和审讯。"只靠谣言就可起诉"……"审讯的程序是卡夫卡式的"，至于是否犯有"叛国罪、参加间谍活动、赞成过用暴力推翻政府、泄露公务秘密或参加了被司法部长定为是搞颠覆阴谋社团"之任何一项，"都无须任何证据，只要有相当理由相信是颠覆活动就够了。"……在五年之中，联邦调查局甄别了三百万以上的美国人，对一万人进行了全面调查。科学界、教育界、国防生产公司和演艺界都被大规模地组织进行忠诚宣誓。（陈红梅，2015）

海勒从 20 世纪 50 年代开始写《第二十二条军规》，这使他能够借小说写作讽刺当时的政治压迫。海勒笔下的布莱克上尉是一个宽肩膀但心胸狭窄的人，符合时人对麦卡锡的认知。在情报办公室的负责人中，布莱克上尉从不提供有关战争的有用信息，而是散布谣言和流言蜚语。他对梅杰少校晋升到他渴望已久的职位感到非常愤怒，因此采取了各种方法来败坏梅杰少校的名声。除了散布关于梅杰少校背景的谣言（梅杰的外貌像亨利·方达，一名当红影星。这里是海勒借机讽刺麦卡锡主义对文艺工作者的迫害），并试图说服米洛饿死后者外，布莱克还组织并领导了"光荣的忠诚宣誓运动"，而这就是一场针对少校的政治迫害。"我要行动起来。从现在起，不管哪个狗杂种来我的情报室，我都要他签署'忠诚宣誓书'。那个狗娘养的梅杰少校就是想签，我也不让他签"。（《第二十二条军规》，118 页）换句话说，每个人都应该签署"忠诚宣誓书"来表明自己爱国，只有梅杰少校不允许签署，因此被"证明"不爱国。

除了借布莱克的所作所为讽刺美国社会当时的麦卡锡主义，海勒在这一题为"梅杰·梅杰·梅杰上校"的章节中，还集中嘲弄了美国军队里充满官僚主义的文书工作。在这一章节，梅杰少校除了面对普通士兵的疏离和同事的仇恨，还要处理数以百万计的公文。不知所措的梅杰让陶塞中士负责一切，并在后者处理好的文件上签名。

送到梅杰少校案头的公文，大多数与他毫无关系。其中大部分公文都提到了先前的公文，他从未见过也从未听说过。不过绝对没有必要再去查找这些文件，因为公文中的指示依例就是给人忽略的……

他签署的每一份公文经过两到十天后必定回来，后面新附一页纸要他再次签字。它们总是比原先厚了许多，因为在他上次签字的那一页和要他再次签字的附加页之间，都是签字页，上面有散驻各处的所有其他军官新近的签字，他们也是忙着在同一份公文上签字……（《第二十二条军规》，95 页）

就这样，军事公文不断增加，不断纳入新的内容而扩宽自己的话语范围，同时为自身体系的存在证明。当少校不断被回收和无休止的文件激怒时，一名中央情报局的男子来到他身边，调查在士兵家信上签名"华盛顿·欧文"的军官，并在不知不觉中给了他灵感。少校开始在文件上签上"华盛顿·欧文"，而不是自己的名字。奇怪的是——那些以"华盛顿·欧文"为名的文件再也没有回到他身边。梅杰被这一发现迷住了，他在更多的文件上签下了"华盛顿·欧文"，并将签名嵌入到假想的对话片段中，使他的签名工作变得可以忍受。梅杰少校的身份，也因为假冒签名而进一步模糊。很快，另一名中央情报局人员来到他的办公室，调查士兵信件和官方文件上"华盛顿·欧文"的签名。然而，讽刺的是，那些中情局人员从未发现任何真相，也就意味着，梅杰少校的身份一直处于悬疑状态。

被剥夺了身份、工作职能和与他人的沟通，少校退到了隐身状态——他命令米洛送餐到他的拖车以便单独用餐；当他在办公室时，他命令陶塞军士不要进入他的办公室，也不要让其他人进入。后来，他戴着从罗马买来的墨镜和假胡子冒充他人，进一步加剧了他的身份危机。最后，他甚至极端地从后窗进出办公室，这样就不会有人看到他了。"运用一点点才智和眼光，他使中队任何人都绝无可能跟他说话，而他也注意到，这正合了他们的意，因为本来就没有人想跟他说话"。（《第二十二条军规》，105 页）于是，梅杰少校成功地把自己变成了军事权力网中的隐士。

4.2 合谋者

"人作为主体"是福柯思想体系中的一个重要概念。在《主体与权力》一书中，他写道："我的目标是创建一个在我们的文化中人类主体化的不同模式的历史过程。我的工作是研究将人转化为主体的三种对象化模式。一种是竭力赋予自身以科学地位的研究之诸模式。比如，在基本语法学、文献学和语言学中叙述主体的对象化。又如，在财富和经济的分析中，作为生产性主体的劳动者的对象化。再如，在历史和生物学中，存活这一纯粹事实的对象化。"（《主体与权力》，208 页）他认识到，无论是哪种模式，都是话语在"说"个体，在限定和描述个体，而不是一个自主的主体在说话。此外，他断言，如果某种话语碰巧"拥有这样的权力，那么是我们，只有我们，赋予了话语这种权力"。（《主体与权力》，216 页）施加在人身上的惩戒权不仅产生了一个在规则或条例范围内被动行动的服从主体，而且产生了一种主动将惩戒权施加给自己的主体，"他让这些规则或条例自发地作用于自己；他在这个权力关系中充当双重角色，他自发促成了自己的主体化"。（《规训与惩罚》，202~203 页）小说中的克莱文杰和内特利这样的角色最能说明"被主体化"是什么样子：不会思考，没有自己的想法，坚持并捍卫所谓的真理或理想，而这些真理或理想为一个他无法拥有最终发言权的体系服务。

4.2.1 克莱文杰 ——"过度教育"的受害者

作为对前一章的延续，克莱文杰这个角色在第八章中得到了集中描述。第七章的结尾，海勒提到米洛在马耳他以 7 美分的价格购买鸡蛋，以 5 美分的价格出售并且获利，"连克莱文杰也不明白米洛是怎么做到的，而克莱文杰可是无所不知"。然后海勒用一种典型的矛盾修辞方法，对他进行了细致描述。克莱文杰是一位聪明的知识分子，有着发达的社会意识，是哈佛大学培养的自由理想主义者，"一句话，克莱文杰属于那种很有才智却全无头脑的人"。下完这个结论后，海勒在下一段继续用矛盾修辞铺陈对克莱文杰的描述，然后列举克莱文杰的种种"笨人笨事"以佐证结论。（《第二十二条军规》，69~70 页）

> 一句话，克莱文杰是个笨蛋。在约塞连眼里，他往往就跟现代博物馆里到处都是的那些人一样，两只眼睛都长在脸的一侧。这自然是一种错觉，却产生于克莱文杰死死盯着问题的一面而从来看不到另一面的偏好。政治上，他是人道主义者，很能识别左翼和右翼，却又不自在地夹在两者之间。他经常面对右翼敌人替左翼朋友辩护，面对左翼敌人替右翼朋友辩护，弄得两个从来不曾替他辩护的群体都彻底地憎恨他，他们认为他是笨蛋。（《第二十二条军规》，70 页）

矛盾修饰法在描述克莱文杰时的频繁运用不禁让我们思考：一个"有很多智慧（知识）"的哈佛毕业生应该比普通人更聪明、更有能力，为什么每个人都认为他"没有大脑"，想帮助他？这种看似自相矛盾的说法让我们重新考虑了"知识"的概念。

根据福柯的观点，知识是一种重要的话语形式。话语、知识和观念的形成受到当前社会力量和关系的限制和调节，这些力量和关系通过区分来监督可能的话语：用政治语言，如"理性与愚蠢"或"真实与虚假"来接受或拒绝话语价值观和信仰（福柯，2000）。被接受的话语被纳入人类知识体系，其功能是维持既定的权力结构、政治和社会秩序。

经过多年的教育和知识积累，克莱文杰成了一个顺从的主体，或者说是一个维护将自己置于劣势的制度的"空心人"。他相信公平、正义，对于战争的意义和军人的使命抱有深信不疑的态度。他很乐意执行上级的命令，并对约塞连这样的士兵感到愤怒，因为他们为了保护自己而想尽一切办法逃避飞行任务。他总是试图为约塞连无法回答的问题找到理性的答案，试图在约塞连简单但令人愤怒的逻辑面前为他继承的传统价值观辩护。

> "他们想要杀我。"约塞连平静地告诉他。
>
> "没人想要杀你。"克莱文杰叫喊道。
>
> "那为什么他们朝我开枪？"约塞连问。
>
> "他们朝每个人开枪，"克莱文杰回答，"他们想要杀所有人。"
>
> "那又有什么不同？"（《第二十二条军规》，12 页）

克莱文杰对上级的忠诚和信任，使得他只能弄懂上级话语字面的意思，对话语背后的真实含义则一无所知。他在沙伊斯科普夫少尉那里的遭遇，是海勒对所谓"忠诚"和"信任"的无情嘲笑和解构。当沙伊斯科普夫因为自己训练的士兵士气低落、阅兵成绩垫底而整日焦虑并询问原因时，只有克莱文杰无视约塞连的警告，愚蠢地相信了少尉并给出了应对措施——"让学员们选出了自己的学员军官"，而不是保留少尉自己指定的。虽然克莱文杰的建议只是为了提高阅兵成绩，但在少尉和其他人眼中，却是对少尉人事任命的质疑，对少尉权威的挑战。不出约塞连所料，尽管克莱文杰的措施使士兵恢复了士气并在阅兵比赛中得奖，克莱文杰自己却被少尉送去诉讼委员会，指控的罪名是"密谋推翻由沙伊斯科普夫少尉任命的学员军官"。（《第二十二条军规》，72 页）

对克莱文杰的审判是小说的"名场面"之一，海勒对军事独裁的批判和嘲讽在此处得到集中展示。

克莱文杰面临三名高级军官（一个不知名的上校、梅特卡夫少校和沙伊斯科普夫中尉）的调查。因阅兵成绩从少尉提拔为中尉的沙伊斯科普夫"身兼三职"——法官、起诉人和辩护。梅特卡夫少校只在小说中出现了一次，却因其欺下媚上而给人留下极深印象。没有名字的上校，甚至在"克莱文杰小心翼翼地走进办公室，刚要对沙伊斯科普夫中尉提出的指控申辩无罪，他就对克莱文杰咆哮起来"，以期在气势上压倒克莱文杰。（《第二十二条军规》，76 页）身为阅兵指挥官的他们，共同之处就是不在乎阅兵，但习惯于欺负军衔等级不如他们高的士兵。

"不要插嘴。"

"是，长官。"

"插嘴时要叫'长官'。"梅特卡夫少校命令道。

"是，长官。"

"刚才不是命令你不要插嘴吗？"梅特卡夫少校冷冰冰地问。（《第二十二条军规》，77 页）

少校喜欢以重复的形式强调自己的权威，主审克莱文杰的无名上校则以直白的前后矛盾令克莱文杰和小说读者感到不知所措——"你确实对约塞连说过什么，我们根本不感兴趣"，但马上又补充了一句，"那么我们继续，你跟约塞连说什么了？"（《第二十二条军规》，83 页）这种带着强势语气的自相矛盾尽管极具喜剧效果，但深思则令人不寒而栗。因为它表明了权威如何决定话语范围，如何使词语与实际意义分离、与理性分离。如果权威能够控制语言，它就能控制思想。

毫不意外，克莱文杰的自我辩护没有任何意义，因为他的罪行在听证会之前就已经确定了。"克莱文杰自然是有罪的，不然就不会受到指控了，而证明这一点的唯一办法就是认定他有罪，所以这样做就成了他们的爱国义务"。（《第二十二条军规》，83 页）当然，这里的推理也是前后因果的倒置：克莱文杰的罪行并不是从证明指控开始的，这些指控是克莱文杰有罪的证据。

在调查的最后，克莱文杰被那些调查人员对他的仇恨吓坏了，这种仇恨甚至比对德国敌人的仇恨更强烈。克莱文杰的遭遇再次证实了约塞连的观点，即《第二十二条军规》中的战斗不是在同盟军和轴心国之间展开，而是在无权者和权贵之间、在受害者和加害者之间进行。

经此遭遇，克莱文杰仍然选择相信他的上级军官，认为上级军官比他们下级军官更加明智，他们的军事才能是取得战争胜利的关键。因此，即使卡思卡特上校一次又一次地提高他们中队的飞行轰炸任务次数，克莱文杰也没有反抗。他告诉约塞连，"那些受命打赢战争的人，远比我们有资格决定必须轰炸什么目标"。（《第二十二条军规》，130 页）在爱国主义理想的驱使下，克莱文杰试图向约塞连解释，毫无疑问，也试图说服自己，他们必须继续执行任务，因为他们卷入了一场"正义的战争"。他一直相信这一点，直到"正义的战争"杀死了他。他的飞机在厄尔巴岛海岸消失得无影无踪，从此再也没有他的消息。《第二十二条军规》中的人类制度——表面上是为了维护理想和秩序而建立的官僚机构——最终只会为荒谬的死亡和不公服务。

4.2.2 内特利——原生家庭的桎梏

19 岁的贵族后裔内特利和克莱文杰一样天真和理想主义，他相信父辈灌输的真爱和传统理想。"内特利和克莱文杰一样，都是个傻瓜，"斯蒂芬·W.波茨在其论著《第二十二条军规：反英雄反小说》中指出，"（他是个）家境优渥的年轻人，对传统理想，尤其是米洛为了经济利益而从飞机上抹去的那些理想有着深刻而浪漫的认知"。讽刺的是，内特利的心上人是一名对爱情不屑一顾的意大利妓女，她的所言所行无情粉碎了爱情小说和爱情电影给内特利营造的、有关爱情的美好想象。随后，内特利在罗马一家妓院遇到的老人，令他对父辈灌输给自己的价值观产生了质疑。

在一个充满仇恨和死亡的世界里，小说中的大多数男性角色都陷入到了不平等和不健康的男女关系中。有些人倾向于将女性视为可以操纵的性对象，如德里德尔将军；有些人将女性视为升职的绊脚石或垫脚石，如沙伊斯科普夫和阿拉比；有些人做爱只是为了给其他人带来痛苦，如布莱克上尉；而有些人做爱是为了身体的愉悦和由此得到的短暂的精神平静，如邓巴和约塞连。整部小说，也就只有内特利和他的妓女勉强符合世俗对爱情的认知，虽然两人从未真正理解彼此。

内特利的妓女作为一个战败国家的公民，同时也是一名妓女，处于三重从属的地位。"一帮气急败坏的精英人士""一帮中年军队大拿"（《第二十二条军规》，351 页），包括至少一名将军，绑架了她，命令她如果不"说叔叔"就摇晃她，不让她睡觉（美国俚语，"说叔叔"意为认输）。儿时游戏被这群中年军官作为虐待和羞辱的途径。由于语言和文化差异而不明就里的内特利的妓女，因为不明白"说叔叔"的含义而一直被军官们粗暴地"摇醒"。对内特利的妓女的营救是通过把军官制服扔出窗外来达成的（没有制服，军官们失去了可见的权威证明，因此内特利他们可以在不必服从命令的情况下完成营救）。
内特利的营救终于让这个从始至终没有姓名、顶着"内特利的妓女"名号的女
子爱上了内特利，因为他"让她睡一夜好觉"。（《第二十二条军规》，380 页）
但是，内特利在赢得心上人芳心后所做的第一件事，就是"重塑"她，重新
确立顺从的妻子和权威的丈夫的传统等级制度："快穿上衣服""不许跟我犟
嘴""从现在起，我不准你走出这房间，除非你把衣服都穿上"等。然而，她
并没有服从。

> "你疯了！"她怀疑而愤怒地冲他叫喊，从床上跳了下来，嘴里叽里咕噜地
> 骂骂咧咧。她一把扯过衬裤套上，大步朝门口走去。（《第二十二条军规》，381 页）

一句"你疯了"，戳破了内特利试图在道德层面和理性层面规训"他的
妓女"的努力。虽然内特利爱她，他可以回来救她，但她仍然会去找别的男
人谋生。这一认知让内特利很痛苦，因为他建立传统的男性主导关系的尝试
化为泡影。

值得注意的是，内特利不但试图将"他的妓女"纳入到自己的男女关系
框架之中，也试图将妓院里的老人变成一个衣着整洁、道德高尚的人。当然，
他的尝试也同样遭遇"滑铁卢"。这个妓院里的老人是妓院里的皮条客，一直
扮演着父亲般的角色，充当妓女们的"守护者"。内特利想重新打扮这个老人，
以便老人符合自己心中的父亲形象——内特利"总希望那个堕落又淫荡的老头
穿上一件干净的布鲁克斯兄弟牌衬衫，刮过脸，梳过头，外套一件花呢夹克
衫，蓄上干净利落的白色小胡子"。（《第二十二条军规》，265 页）

在第二十三章"内特利的老头（Nately's Old Man）"中，内特利和老人
之间的争论，对内特利的信仰体系提出了蛮横的挑战，而这个信仰体系似乎

是最容易被人类社会理解和接受的。"美国…… 将输掉战争。意大利会赢得胜利"(《第二十二条军规》,257 页),这位老人口中的第一句话显然就是荒谬的,不仅内特利这么认为,对历史稍有了解的读者也会这么认为。注意到意大利士兵不再在战争中死亡,而美国和德国的士兵还在战争中丧生,这位老人坚持道,"我把这叫作打得极其出色。是的,我十分肯定意大利将挺过这场战争,而且在你的国家被摧毁很久以后仍然存在"。(《第二十二条军规》,257 页)

对于内特利关于美国永远不会被摧毁的热情宣言,这位老人的回应是转向历史,这些证据似乎对内特利和读者都很有说服力。

> 罗马被摧毁了,希腊被摧毁了,波斯被摧毁了,西班牙被摧毁了,所有伟大的国家都被摧毁了。为什么你的国家不会?你真心认为你的国家还会存在多长时间?永远?请记住,大约两千五百万年以后地球本身也注定要被太阳毁灭。(《第二十二条军规》,258 页)

这位老人最后问内特利,美国是否会像在人们的印象中地位低下的青蛙那样长久?毕竟,"青蛙几乎有五亿年那么古老了"。老人的争论让内特利"局促不安"。(《第二十二条军规》,258 页)和他一样,读者也开始思考老人逻辑的明智之处。正如老人所言,当置于时间的背景下时,读者可以清楚地看到,美国很可能无法与青蛙的历史相匹配。不难发现,对于这位拥有历史甚至宇宙视角的老人来说,内特利关于美国将赢得这场战争的爱国主义情怀显得天真且微不足道。借老人之口,海勒试图暗示的是,战争的胜利或失败可能会产生短期影响,而在漫长而无休止的宇宙过程中,它们可能没有人们想象得那么重要。"真正的窍门在于输掉战争,在于知道哪些战争可以输掉。意大利一直在打败仗,都几个世纪了,可是你瞧,我们做得多么出色。法国赢了战争吧,

却是危机不断。德国输了倒繁荣起来。"（《第二十二条军规》，260 页）

老人与传统历史观相背离的观点挑战了内特利的美国主义，后者于是自然地得出一个结论：这个老头疯了。老人承认自己可能真的是个疯子，但进一步争辩道：

> 但我活得像健全的人。墨索里尼掌权时，我是法西斯分子；现在他被赶下了台，我就是反法西斯主义者。德国人在这儿保护我们对抗美国人时，我是狂热的亲德派；现在美国人在这儿保护我们对抗德国人，我就是狂热的亲美派。（《第二十二条军规》，260 页）

老人谈话中流露出的机会主义进一步使人们对内特利的爱国主义信仰产生了怀疑。就像中国诗人屈原去世前遇到的渔夫一样，老人"随其流而扬其波""哺其糟而啜其醨"。他忠于权威，"在意大利，你和你的国家不会有比我更忠诚的支持者了——不过你们一定得留在意大利"。（《第二十二条军规》，260 页）当内特利指责老人没有道德时，老人为自己辩护："噢，我是个极有道德的人"。（《第二十二条军规》，260 页）道德是信仰的结果。在第二次世界大战所造成的混乱世界中，随着人们对终极真理存在的质疑，传统的道德体系也摇摇欲坠。因此，留给老人的唯一真理就是活下去，而任何仍然持有旧传统的人都将面临可怕的后果，"如果你不提防，他们将会杀了你；我现在就可以看出你不打算提防了"。（《第二十二条军规》，262 页）后来内特利的死亡，在某种程度上呼应了老人的说法。

虽然这部小说固有的嘲讽怀疑论似乎将老人置于真理赋予者的角色，诱使人们认为老人实际上是作者海勒的代言人，但事实并非如此。理解老人本质的关键在于这一章标题"Nately's Old Man"的模糊性。因为在美国文化中，

"old man"可以指老人，也可以指他／她的父亲。在这一章中，海勒故意将妓院里肮脏的老人和内特利的贵族父亲并置并加以区分。

> 这个肮脏、贪婪、刻毒的老头之所以让内特利想起他的父亲，是因为两人毫无相似之处。内特利的父亲是个温文尔雅的白发绅士，衣着无可挑剔；这个老头却是个粗野的流浪汉。内特利的父亲是个冷静、智慧、负责任的人；这个老头却是轻浮薄幸、放荡淫乱的人。内特利的父亲谨言慎行、富有修养；这个老头却是个粗俗的乡巴佬。内特利的父亲尊奉荣誉，知道一切事情的答案；这个老头却是寡廉鲜耻，只晓得提问题。内特利的父亲蓄着高贵的白色胡须；这个老头却根本没有胡子。内特利的父亲——以及内特利遇到过的每个人的父亲——都高贵、英明、值得敬重；这个老头却实在是令人厌恶。(《第二十二条军规》，259 页)

从海勒故意罗列的这些看似明显的区别中，我们看到内特利对这两个人的态度似乎十分明确：老人身体和精神都不"干净"，而他的父亲是一个干净整洁、道德高尚的人。然而，海勒随后轻巧的一句话打破了内特利看似明确的态度。"他快二十岁了，不曾有过心理创伤、紧张、仇恨或神经衰弱，在约塞连眼里，这恰恰证明了他其实有多疯狂"。(《第二十二条军规》，268 页)。他在贵族家庭长大，对父亲的盲目尊重使他无法看到海勒希望读者看到的东西：内特利的父亲其实是邪恶的。"内特利的母亲是新英格兰桑顿家族的后裔，也是美国革命家的后代。他的父亲却是个狗娘养的。"(《第二十二条军规》，263 页)

内特利的父亲实际上是个身处贵族圈的势利小人，一个投机者，一生中从未工作过一天，并为此感到骄傲。"你是内特利家族的人，"内特利的母亲常常提醒内特利，"内特利家族从来没有为了钱什么事都干"。当战争来临时，内特利的父亲把儿子扔进了陆军航空队，因为"在那儿可以作为飞行员安全地接受训练"，并且与"有地位的绅士"交朋友，而这些人可能对内特利以后的发展有帮助。在内特利父亲眼中，苏联——即维持内特利一家富裕地位的资本主义制度的"真正敌人"，"将在数周或数月之内瓦解"，因此内特利没有机会上战场，所以没有生命危险。其实，内特利的父亲和意大利妓院里的老头一样，善于投机，崇拜权力，腐败贪婪，甚至前者比后者更甚。（《第二十二条军规》，264 页）

内特利所秉持的传统婚恋观将女性置于男性之下，他所信仰的骑士般的爱国主义也被上级军官为了一己之私而加以利用。信仰的破产预示了内特利最终的死亡。后来，好友约塞连反抗卡思卡特上校擅自提高飞行任务的次数，内特利不仅不支持，还自愿执行更多任务，因为于公可以为国尽忠，于私可以与心上人幽会。内特利这个看似"双赢"的举措，最终却害死了自己。

几秒钟之后，飞机便无影无踪了。没有看见降落伞。此时，在刚才被撞的另一架飞机里，内特利也送了命。（《第二十二条军规》，402 页）

4.2.3 阿费——精致的利己主义者

如果说克莱文杰和内特利遵循"军规"的后果是自身的死亡，阿费·阿德瓦克（阿德瓦克：英文名"Aardvark"，含义"土豚"）对"军规"的遵守危害的却是他人的生命。这个愚蠢又无情的飞行领航员充分诠释了个体被物化后所能给他人造成的巨大伤害。

阿费是军队一高级军官的侄子，参军后担任约塞连所在中队的 B25 轰炸机的领航员。约塞连作为轰炸员，每次必须坐在飞机最脆弱的部分——有机玻璃机头。在这个位置上，他可以看清地面目标并指挥轰炸路线。因为视野开阔，他还需要在飞机飞离目标区时指挥规避动作。总而言之，领航员是指挥飞机逃出生天的舵手，是整架飞机的灵魂。因为机头空间狭小，约塞连只能把降落伞放在后面的逃生舱，而机头和逃生舱之间狭窄的爬行通道对约塞连这样的大个子来说并不友好。因此每次飞到目标区域上空时，约塞连都紧张无比，觉得自己"像一条该死的支在外面的金鱼，困在一个该死的支在外面的金鱼缸里"（《第二十二条军规》，48页），一旦飞机被击中，毫无防护的自己极难活下去。约塞连执行飞行任务时两次被高射炮击中，而每一次当他奋力逃生时，总是发现阿费毫不在乎地堵在了他逃生的通道上。可以说，阿费在某种程度上成了这个冷漠、危险的世界的化身，"就像梦中可怕的食人妖魔，既伤不了也躲不开"。（《第二十二条军规》，158页）

第一次被高射炮击中是他们执行博洛尼亚任务时。事实上，他们在这次任务中一共飞行了两次：第一次约塞连以对讲机坏了为借口中途返航，第二次他们以为是一次没有危险的勤务飞行，却发现"到处是密集的高射炮火"。约塞连赶快扔下炸弹，指挥飞行员麦克沃特规避动作，然后在飞机被击中后急忙准备要离开这个"金鱼缸"。约塞连惊慌失措，只想快速拿到降落伞，但阿费却没有明白约塞连的意图。他进入机头，"指着下面的目标，大度地邀请约塞连观看"，从而堵住了逃生通道。尽管约塞连"痛苦而惊愕地朝阿费尖叫"，"恳求"他，"双手齐上狠命捶打"，阿费只是无辜地回应道，"我还是听不见你说什么"。（《第二十二条军规》，154~156页）

"我还是听不见你说什么。"阿费说。

"我说滚开！"约塞连吼叫道，随即大哭起来，开始双手齐上狠命捶打阿费，"从这儿滚开！滚开！"

拳头打在阿费身上就像打在柔软的充气橡皮袋上。这一团柔软而迟钝的东西没有任何抵抗、任何反应。过了一会儿，约塞连的情绪渐渐平息，双臂也疲倦无望地垂落了下来。他满怀无能的羞愧感，几乎自怜地哭了起来。（《第二十二条军规》，157页）

缺乏共情，无法理解约塞连对死亡的恐惧，并不是阿费唯一的问题。作为领航员，阿费多次"在战斗任务中迷航"，造成的后果就是战友的无辜牺牲。因为他在轰炸弗拉拉的任务中迷失方向，"克拉夫特被击落丧命"；约塞连所在的飞机第二次被击中，也是因为他"在每周一次去帕尔马的例行飞行中迷了路"，领着机群在穿过来亨城上空时遭到了袭击。飞机被击中时已经没有时间做规避动作，约塞连大腿受伤，向阿费求救，但这一次和上次一样，他面对的是同样冷漠的阿费。

"我的蛋没了！阿费，我的蛋没了！"阿费没听见，于是约塞连俯身去拉他的胳臂。"阿费，救救我，"他哀求道，几乎哭起来，"我中弹了！我中弹了！"

阿费慢悠悠转过身来，戏弄地咧嘴一笑，视而不见。"什么？"

"我中弹了，阿费！救救我！"

阿费又咧嘴一笑，温和地耸耸肩。"我听不见。"他说。

"难道你看不见？"约塞连不相信地大叫。他感到鲜血溅得到处都是，并在身下淌开。他指着那越来越深的血泊喊道："我受伤了！看在上帝的份上，救救我！阿费，救救我！"

"我还是听不见，"阿费宽容地抱怨道，粗短的手拢着苍白的耳朵，"你说什么？"

约塞连声音虚脱地答话，因为叫喊了这么多而突然感到疲倦了，也厌倦了他

眼下的处境，如此丧气，令人气恼又荒唐可笑。他就要死了，却没有人注意。"算了。"（《第二十二条军规》，307 页）

正如 Sane Lunacy 指出的那样，阿费是这部小说中荒谬的"军规"世界的代言人。两次飞机遇险说明约塞连以及约塞连所代表的飞行队员生存环境的险恶，而作为约塞连两次飞行遇险的见证人、参与者甚至是"罪魁祸首"，阿费也成为这股邪恶力量的人类化身。他对战斗场景的指手画脚、对约塞连伤势的视而不见，更揭示了"军规"世界对个体生命的漠视和随意掠夺。

如果说两次飞机被击中后阿费的表现体现了他能力不足、对他人生命冷漠的一面，那他的两性观和与意大利妓女们的互动则将他的冷漠推向了极致，揭示了他物化女性、草菅人命、一心向上爬的自私本质。

在阿费看来，女性只具备商品属性，无须投入爱和关怀。他对女性的态度更是被他自己的一句话直白挑明，"我知道哪类女人可以搞，哪类不可以搞，而我从不搞正经姑娘"。（《第二十二条军规》，166 页）而他口中的"正经姑娘"，是来自富裕家庭、可以为他以后的生活和向上爬提供物质支持的女性，就像那个家里有氧化镁乳剂生产厂的红字会姑娘和那个有枚橙红色贝雕戒指的女孩。阿费用和多少有钱人接触作为衡量自己生活的标准，因此对内特利的爱情嗤之以鼻，"你还嫩着呢，哪里知道什么叫真爱"（《第二十二条军规》，306 页），而"成熟稳重"的自己，只会"真正爱上了内特利的父亲，爱上了战后在他父亲手下做行政人员的前途，以此作为亲近内特利的报偿"。（《第二十二条军规》，306 页）

对于那些"不正经的女孩"，那些在他眼里地位低下、无法给予他帮助的女性，阿费更是肆意玩弄并以此为乐。他向约塞连等人吹嘘，"我一生从不为这事（和妓女上床）花钱"，而是试图从女性身上榨取钱财。他在大学期间和其他人一起"把两个愚笨的高中女生从镇上骗进了兄弟会会所，然后威胁说要给她们父母打电话，说她们正在跟我们胡搞，就这样迫使她们跟那些所有想要她们的会友上床"。除了这个在现今社会被认为是强奸的行为，阿费在高中女生反抗的时候，"还打过她们几耳光"，具有浓厚的虐待和暴力色彩。最后，在彻底利用完女生们的身体后，阿费甚至掠夺了她们的钱财，"拿走了她们的一点点零花钱和口香糖，把她们赶了出去"。（《第二十二条军规》，254~255 页）

总之，在阿费看来，女孩可以提供的物质价值是衡量她"正经"或者"不正经"的标准——物质价值高的女孩是"正经"女孩，值得被认真对待，是自己以后择偶的标准；物质价值低的，甚至需要自己花钱的女孩是"不正经"女孩，只能是自己玩弄的对象。他的这套金钱主义两性观在他和意大利妓女的互动中体现得淋漓尽致。

在"军规"统治的小说世界里，男女关系是不平等的，是失衡的。在这里，美国大兵是远远优于意大利妓女的，处于等级制度的顶端。他们可以肆意玩弄后者的身体，并以此为荣。当内特利苦恼于如何撇开另外两名妓女，和自己喜欢的妓女单独待在一起时，深受这种观念影响的阿费提议，"我们可以把她们三个留到宵禁以后，再威胁要把她们推到大街上去让人抓，除非她们把钱都掏给我们。我们甚至可以威胁要把她们从窗户推出去"。（《第二十二条军规》，255 页）后来，阿费确实把士兵公寓的米迦列拉推出了窗户却没有受到惩罚，就因为她只是一个地位低下的意大利女佣。

阿费强奸米迦列拉并将她推出窗户致死的情节可以算是小说中一个令人难忘的恐怖场景。约塞连在经历了如但丁笔下地狱一般的罗马一夜，返回士兵公寓后，却发现那个"皮肤发黄，眼睛近视"，"直直的头发是沤过的稻草的颜色"的女佣，那个名叫米迦列拉、"从来没有男人想跟她睡觉"的女孩，被阿费用手捂住嘴强奸，"关在衣橱里近两个小时"，然后在宵禁后，"（被）扔出了窗外"。

　　……她的尸体还躺在人行道上，这时约塞连来了，他礼貌地挤进一圈正在围观的神情严肃、手拿昏暗提灯的邻居中。他们退缩着给他让路的时候，怨毒地朝他怒目而视。他们愤恨地指着二楼那些窗户，私下的对话里满是严厉的谴责。尸体摔得血肉模糊，这可怜的、不祥的、血淋淋的惨象吓得约塞连心脏怦怦乱跳，惊恐不已……（《第二十二条军规》，448 页）

　　当愤怒的约塞连冲上楼去质问阿费为何如此残忍时，阿费极为傲慢地说，"噢，强奸了她，我只得这么做。我当然不能让她到处去讲我们的坏话，对吧？"（《第二十二条军规》，448 页）很显然，阿费将军队的上下级关系生硬地套在了两性关系上，认为身穿美国军服的他们比战败国的意大利平民女性地位优越得多。这一单薄僵化的二元对立思想使得阿费将活生生的米迦列拉当成了他缓解欲望的工具，用完就"扔出了窗外"。（《第二十二条军规》，447 页）

　　此次谋杀事件的结局使得阿费的主题意旨进一步凸显：在这个荒谬而黑暗的"军规"世界，强权一方可以对无权一方为所欲为而免受惩罚。阿费确实看清了整个事件的本质并对现下情况做出了正确的判断，"他们不会把老伙计阿费关进监狱的，不会因为这杀了他"，毕竟"她不过是个女佣。我可不认为他们会为一个小小的意大利女佣而大惊小怪"。和热衷做生意的米洛一样，阿费也将人命物化并放在天平上，根据所谓"身份"的高低来称重。阿费是"对的"，宪兵逮捕了因为没有通行证就来罗马的约塞连，却没有惩罚先强奸后杀人的阿费。（《第二十二条军规》，448~449 页）

第五章　叛乱

福柯在其学术生涯的前期，运用考古学和系谱学研究方法，深入研究了疯人院、医院、监狱等场所，发现了"权力"和"话语"在将人规范为顺从主体方面的共谋关系，并揭示了所谓真理和本质背后的权力运作，我们在前几章结合《第二十二条军规》中的主要人物对这些概念进行了深入的分析和展示。在学术研究后期，福柯作为一个有责任感的思想家和哲学家，将研究重点转向希腊文明，探索人类自由和解放的道路。他发现，个体只有关注自身，依靠审美的人生态度反抗权力社会，重建生存美学，才能摆脱生存困境，实现真正意义上的自由。

"有权力的地方就有抵抗。"福柯在后期著作《性史》中坚持的一个原则是，权力永远无法实现它试图实现的目标。权力的运作伴随着抵制，而后者为变革提供了可能性。在军事等级的主观力量的压力下，无论是自愿还是不自愿，无论是有意识还是无意识，小说中的大多数角色都屈服了，成为巨大军事机器中的齿轮。只有少数人逐渐看透了这台机器的运行机制及其对人类个性的破坏力量，并想尽一切办法反抗它的压迫。小说中主人公约塞连的觉醒之路，就像一幅等待解密的拼图，随着信息的增加，拼凑成以约塞连为代表的小说中众人最真实的生存困境，指引着人们的自我救赎和解放。在此过程中，好友邓巴、奥尔、牧师塔普曼，都通过自身的觉醒和反抗，积极影响和引导了约塞连，使后

者成为小说中形象最丰满、特点最突出的人物，一个与传统英雄角色相去甚
远、但同样值得敬佩的"反英雄"。

5.1 邓巴

邓巴是唯一一个海勒没有进行外表描写的主要人物。作为读者的我们对
邓巴了解很少，但他的重要性毋庸置疑。他是第一个勇于反抗"军规"权威的
斗士，是小说主角约塞连的第一个"人生导师"，被美国学者卡罗称为"具有
反抗品质的寓言式人物"，"就像一个引导约塞连反抗军规的荒谬天使"。海勒
对他外貌的模糊处理，使得这个人物更加具有了普遍性，可以代表任何一个不
畏强权、敢于反抗的士兵。

约塞连对邓巴的追随甚至在小说第一章就开始了。在邓巴戏弄那个德克
萨斯人，污蔑是他杀了那个"浑身雪白"的士兵时，约塞连紧随其后，对邓巴
的调侃进行重复或者进一步解释。

"杀人犯。"邓巴轻声说。

德克萨斯人抬头看着他，疑惑地咧嘴笑了笑。

"凶手。"约塞连说。

"你们在说什么？"德克萨斯人紧张不安地问道。

"你谋害了他。"邓巴说。

"你杀了他。"约塞连说。

德克萨斯人畏缩了。"你们俩准是疯了。我碰都没碰过他。"

"你谋害了他。"邓巴说。

"我听见你杀他的。"约塞连说。

"你杀了他，因为他是黑人。"邓巴说。

"你们俩准是疯了，"德克萨斯人叫喊道，"他们是不准黑人进这儿的。他们有专门安置黑人的地方。"

"那个中士把他偷运了进来。"邓巴说。

"那个中士。"约塞连说。

"而你知道这事。"（《第二十二条军规》，5 页）

在这里，邓巴告诉约塞连，幽默可以是反抗荒谬的一种方式。面对军事官僚的规训和操控，幽默是保护自主性、抵御个体异化和边缘化的有效工具。正如美国学者贾斯珀指出的那样，"幽默揭示了经验的无足轻重，暂时调和了所有的不协调。通过让荒谬变得可控，幽默为我们竖起了防御的围墙，帮助我们抵御那些令我们恐惧的事物"。同样的策略在营救内特利的妓女时得到了再次应用，看似荒谬不羁的语言实际上讽刺了那些所谓"老兵油子"不道德的性行为。

一个赤身裸体、模样滑稽、肚子上有一道泛红的阑尾手术刀疤的男人突然出现在门口，吼叫道：

"出什么事了？"

"你的脚趾脏了。"邓巴说。

那人双手捂住羞处，退了出去……里间的门又打开了，一个脖子以上部分长得十分特出的男人赤着脚高傲地走进他们的视野。

"嘿，你们，给我住手，"他叫道，"你们不知道你们这帮人在干什么吗？"

"你的脚趾脏了。"邓巴对他说。

这人跟第一个人一样双手捂住羞处逃走了。（《第二十二条军规》，377 页）

接着，住院的邓巴给因为大腿中弹同样住院的约塞连又上了一课。昏迷的约塞连醒来后发现旁边就躺着邓巴，但邓巴拒绝承认自己的身份。约塞连摇摇晃晃地去看邓巴床尾体温卡上的名字，发现"他再也不是邓巴了，而是安东尼·费·福尔蒂奥里少尉"。原来，为了打发医院的无聊日子，邓巴和那个少尉换了床。于是，少尉变成了邓巴，邓巴变成了少尉，而医护人员却没有察觉。毕竟，在医生和护士眼中，这些士兵就是战争机器上可以随时替换的零件，因为缺失了主体性而面目模糊，只能依靠体温卡上的名字辨认身份。邓巴建议约塞连也试试，"你为什么不把目标放低一些，试试做一会儿霍默·拉姆利准尉如何？这样你就有一个当州议员的父亲，还有一个同滑雪冠军订婚的妹妹……"听从了邓巴建议的约塞连"爬进他的床，变成了霍默·拉姆利准尉"。接着，"（约塞连）又想做约塞连了……邓巴将约塞连领回到他俩的病房，在那里，邓巴用拇指把安东尼·费·福尔蒂奥里赶下了床，让他过去再做一会儿邓巴"。（《第二十二条军规》，309 页）

接着，两人在医院互打配合，编造奇怪梦境，巧妙地使用语言装疯，希望借此可以被遣返回国。

"是的，医生，他真的疯了。"邓巴肯定地说，"他每天夜里都梦见手里拿着一条活鱼。"

医生停下了后退的脚步，露出优雅的惊奇而厌恶的表情，病房里静了下来。"他怎么了？"他问道。

"他梦见手里拿着一条活鱼。"

"什么样的鱼？"医生严厉地询问约塞连。

"我不知道，"约塞连答道，"我不会分辨鱼类。"

"你哪只手拿的鱼？"

"没准。"约塞连答道。

"要看是哪种鱼。"邓巴帮忙地补充道。（《第二十二条军规》，313 页）

因为这次交谈，精神学家桑德森少校被派来询问约塞连的梦境。两者之间的互动看似是桑德森在救治约塞连，实际是邓巴和约塞连两人利用自己的心理学知识戏弄诱导桑德森，使后者做出错误的判断，从而获得脱离战场、遣返回国的机会。但遗憾的是，因为换床而导致身份混淆，医生错把福尔蒂奥里送回了国。此次经历使得邓巴发现了语言和权力的合谋关系，利用语言去反抗权威，最终只能被权威愚弄。

作为小说中为数不多的头脑清醒之人，邓巴的另一作用是向约塞连揭示了"军规"世界的本质——"根本没有（仁慈的、全知全能的）上帝"（《第二十二条军规》，130 页），士兵的最高追求就是保存自己的生命。保存生命的方式，在邓巴看来，可以是使用幽默荒谬的语言，也可以是延长"枯燥和烦恼的时期"——既然愉快的经历似乎能让生命过得更快，他就可以通过填充那些无聊或不愉快的经历让自己的心理时间变长。

邓巴喜欢射击双向飞碟，是因为他厌恶飞碟射击的每一分钟，时间过得这么慢。他算过，在双向飞碟射击场同哈弗迈耶和阿普尔比这种人在一起的一个小时，就相当于十一乘以十七年那么长。

"我想你准是疯了。"这是克莱文杰对邓巴的发现的反应。

"你知道一年过去要花多长时间吗？"邓巴又问克莱文杰。"这么长，"他打了一个响指，"一秒钟前，你正朝气蓬勃地走进大学。今天，你已是一个老人。"

"老了？"克莱文杰吃惊地问，"你在说什么？"

"老了。"

"我不老。"

"你每次执行任务时，离死亡也就几英寸之遥。到了你的年纪，还能再长几岁？半分钟以前你进了高中，一只解了扣子的胸罩几乎就是你梦想的乐园。仅仅五分之一秒以前你是个小孩，有十个星期的暑假，虽然长得像十万年，却还嫌过得太快。倏！飞快地擦身而过。你究竟能用什么别的办法让时间慢下来？"邓巴说完，有点生气了。

"好吧。这话也许是对的。"克莱文杰以一种柔和的语气不情愿地让步道，"也许漫长的生命确实得填进许多不愉快的情况，这样才能显得漫长。但既然这样，谁还想要长命呢？"

"我想。"邓巴对他说。

"为什么？"克莱文杰问。

"还有别的什么吗？"（《第二十二条军规》，36-37页）

然而，邓巴通过延长心理时间来延长生命的做法有个巨大的隐患：放弃快乐容易让人放弃希望，而希望是生命的重要支撑。所以，"邓巴如今很少笑了，而且似乎在慢慢消瘦下去。他对上级军官挑衅地咆哮，甚至对丹比少校也不收敛；他粗野傲慢，满嘴污言秽语，就算在牧师面前也是如此"。邓巴甚至对完成任务也不再热衷：

约塞连再也不在乎他的炸弹落哪儿去了，虽然他不像邓巴走得那么远——邓巴过了那个村子几百码后才把炸弹扔下去，如果能证明他是故意而为，他就得上军事法庭。邓巴甚至对约塞连都没讲一声，就洗手不再飞轰炸任务了……（《第二十二条军规》，352页）

当第二个"浑身雪白的士兵"出现在邓巴面前时，邓巴绝望了。这具由绷带、石膏、各种管子组成的壳子传达了和斯诺登一样的信息：人是物质，生命一旦失去，人体就变成了垃圾。而随着战争的步步推进，每个士兵，包括邓巴自己，都会变成"浑身雪白的士兵"，然后死亡。这一认知让邓巴彻底绝望了：

> "他回来了！"邓巴尖叫道，"他回来了！他回来了！"（《第二十二条军规》，388页）

这一举动造成了医院的骚动。揭开"军规"世界残酷真相的邓巴，很快被医院当局"失踪"，再也找不到了。反抗失败的邓巴，自然也无法带着约塞连摆脱困境，获得自由。

5.2 奥尔

奥尔应当是整部小说中最富智慧的人物。如果说约塞连是皮亚诺萨岛上的"反英雄"，那么奥尔就是《第二十二条军规》中的真英雄，其性格之丰满、寓意之深刻，可与主人公约塞连相媲美。在经历了几次飞行后，约塞连和奥尔都很快明白了一个道理：在德尔德里、卡思卡特之流为了一己私利枉顾士兵生死的前提下，任何传统的"爱国"和"勇敢"都是愚蠢的，唯一目标就是保存生命。但在实施过程中，奥尔比约塞连更加具有计划性和隐蔽性。他并没有采用野蛮暴力的方式来对抗权力，而是转向自身，根据自身特点创造了适合自己的生存美学。对于奥尔来说，想要生存，就要冲出德尔德里、卡思卡特等上级军官设置的重重障碍；而想要冲出包围，就要用疯癫的、非理性的方法掩饰自我，不断地锤炼技能和提升智慧。

他的名字，奥尔，本身就隐含"选择"之意（在英文中，奥尔的名字"Orr"和英文单词选择"or"发音相同，拼写相近）。在很大程度上，奥尔符合民间故事中"机灵鬼"的形象，一个伊丽莎白一世时期的愚人，聪明才智都隐藏在小丑的外表之下。他的长相，在小说第二、三、十五、二十八章都进行了描写，其观感大抵如此：龅牙、凸眼睛、腮帮鼓鼓、个子矮小，给人一种滑稽可笑、容易欺凌的感觉。约塞连也认为奥尔需要他人的保护，但事实并非如此。我们通过第六章记述的他与阿普尔比打架的场景，可以看出奥尔的动作既敏捷又准确，完全不落下风。

> （阿普尔比）在乒乓球桌上的高超技艺极负盛名，每场球都必定赢，直到那天晚上奥尔喝杜松子酒和果汁喝得上了头，发出的前五个球全给阿普尔比猛抽了回去，于是掷出球拍，把阿普尔比的前额砸开道口子。奥尔一抛出球拍，便纵身跃上了乒乓球台，再一个助跑跳远从台子的另一端落下去，双脚稳稳地踏在阿普尔比脸上。场面立刻大乱。阿普尔比差不多花了整整一分钟才挣脱奥尔雨点般的拳打脚踢。（《第二十二条军规》，56 页）

喝醉酒后在斗殴过程中展示的灵活身手，颠覆了他一贯给他人留下的弱小印象，影射了奥尔并不是表面那么弱小，为他以后的出逃留下第一个伏笔。

接着，海勒多次强调了奥尔身为"机师"，心灵手巧、富于创造力的特点。在第二章中，我们了解到，"多亏了同住的奥尔，他们的帐篷是全中队最奢华的"（《第二十二条军规》，13 页），里面生活设施齐备，而且所有设备都是由奥尔自己收集零件、设计、制作而成。第二十八章不但谈到了奥尔维修火炉时手法的高明与熟练，还强调了奥尔的专注与耐心，将火炉修好后又拆开，"我已经看你这样来来回回三百遍了"（《第二十二条军规》，331 页）。第三十章，在奥尔"失踪"后，军官们不时来参观他的帐篷，"对奥尔的手艺赞不绝口"（《第二十二条军规》，358 页）。此类情节的重复，既彰显了奥尔的严谨、灵巧与创造力，为奥尔的出逃埋下第二个伏笔，也使奥尔与平时塑造的愚蠢可笑的形象产生反差，使读者产生怀疑。

奥尔平时形象的建立，离不开他嘴含海棠果或七叶树果四处溜达的举动。在第三章，奥尔和约塞连进行了著名的"炉边会谈"——奥尔边修补炉子，边似是而非地向约塞连解释这一举动的深意，但可惜的是，约塞连和我们读者一样，直到小说最后奥尔成功出逃，才开始真正明白。

> "你为什么腮帮子里塞着海棠果四处溜达？"约塞连又问，"我问的是这个。"
>
> "因为它的形状比七叶树果好看，"奥尔答道，"我刚才跟你说过。"
>
> "为什么？"约塞连以赞许的口吻咒骂道，"你这目光凶恶、只会玩机械又不合群的狗杂种，腮帮子里要塞点什么才好四处溜达？"
>
> "我腮帮子里，"奥尔说，"没有塞着什么四处溜达。我腮帮子里塞着海棠果四处溜达。找不到海棠果，我就塞着七叶树果四处溜达。塞在腮帮子里。"（《第二十二条军规》，19 页）

约塞连询问奥尔为什么嘴里塞着海棠果，生性谨慎的奥尔故意假装愚笨，将约塞连的问题曲解为约塞连在询问为什么嘴里塞的是"海棠果"，而不是其他果子，所以就有了"因为它的形状比七叶树果好看"的回答。接着，恼怒的约塞连重申了问话，为什么奥尔"腮帮子里要塞点什么"，奥尔再次故意曲解，强调自己腮帮子里塞的是海棠果，而不是"塞着什么"。面对奥尔的顾左右而言他，约塞连"下决心住嘴"（《第二十二条军规》，19页），不想再问。但奥尔后来显然改了主意，要主动告知。（《第二十二条军规》，19页）

"——苹果脸。"

"——苹果脸？"约塞连问。

"我想要苹果脸，"奥尔重复道，"我从小就想有朝一日长上苹果脸，于是我决定为之努力，直到如愿以偿。老天作证，我的确努力了，也终于如愿以偿。我是这么做的：腮帮子里整天塞着海棠果。"他又咯咯地笑，"一边一颗。"（《第二十二条军规》，20页）

通过这段对话，我们似乎明白了奥尔嘴里含海棠果的原因——想要苹果脸。通过整天嘴里塞海棠果而最终"如愿以偿"的奥尔看似很可笑，因为他为了一个荒谬的目标（想要苹果脸）而采取了一个更加荒谬的方法（嘴里塞海棠果），但也表明奥尔性格中目的性强、坚毅隐忍的一面，为后面奥尔用勺子划船去瑞典埋下另一伏笔。

接着，奥尔又向约塞连说明了自己"常常手里整天捏着橡皮球四处溜达"的原因——

奥尔摇了摇头，心中窃笑。"我这么做，是为了维护我的好名声，免得被人发现我腮帮子里塞着海棠果四处溜达。我手里捏上橡皮球，就可以否认腮帮子里塞了海棠果。……这番谎话挺不错，但我从不知道过不过得了关，因为你腮帮子里塞上两颗海棠果跟人说话，他们很难听明白。"（《第二十二条军规》，20页）

奥尔手里捏着橡皮球，是为了否认嘴里塞了海棠果。前置一个动作的目的，其实是为了隐藏另一个动作，而被隐藏的这个动作才是他的真实意图，就像他表面让妓女用高跟鞋打头，实际是为了装病逃避飞行任务，表面"成天咧嘴傻笑"，其实是为了避免别人关注，掩盖自己的出逃计划。但遗憾的是，和我们读者一样，约塞连此刻也没有真正听懂奥尔的话外之意。

接着在第五章，约塞连同丹尼卡医生对"第二十二条军规"的分析，揭示出了奥尔真正的处境及可怕性——自由、生存的不可能性，以及他装疯的必要性。"军规明确说明，面临真实而迫在眉睫的危险时对自身安全的关切是理性思维的过程。奥尔疯了，可以获准停飞。他必须做的，就是提出要求，而一旦他提出要求，他就不再是疯子，因而必须执行更多的飞行任务。"（《第二十二条军规》，46 页）在这套足以令人发疯的诡辩术中，"军规"对个人自由的绝对钳制一览无余。因此，假扮疯癫的奥尔无法在丹尼卡医生这里获得证明并停飞，只要生活在这个在"军规"控制下的小岛，就要执行飞行任务并牺牲，保存生命已经变得无法实现。

看透现实的奥尔，只能伪装得更加疯狂，并暗中计划自己的出逃。于是，我们在随后的情节中知道，表面上，奥尔似乎对卡思卡特上校不断提高作战飞行任务从无怨言，虽然每一次他的飞机都会被敌军击落，不是降落到水里就是强行着陆。每次死里逃生后，奥尔照样乐呵呵地继续执行飞行任务，仿佛不知死亡为何物。暗地里，奥尔就像之前雕琢自己的苹果脸、修理帐篷里的炉子一样，一点一点地练习飞机迫降后的逃生技能，"不知疲倦，像个树桩，也几乎跟树桩一样不声不响"（《第二十二条军规》，334 页）。

第二十八章虽然题为《多布斯》，但实际应该命名为《奥尔》，因为多布斯只是起到了穿针引线的作用，负责向约塞连谈起奥尔，然后把主场让给后者。奥尔在这一章得到了大篇幅的特写——通过奈特中士的描绘侧面说明奥尔已经掌握了逃跑所需的各项技能，并成功进行了实地演习；通过正面记叙奥尔和约塞连的谈话，预示奥尔即将出逃。"长官——你要是有一点点头脑，知道该怎么做吗？你会马上去找皮尔查德和雷恩，告诉他们所有的飞行任务你都想跟我一起飞。"遗憾的是，平时伪装过于成功的奥尔并不能使约塞连轻易相信前者。无奈之下，奥尔只好为约塞连修好火炉，以便后者在冬天能有个"暖烘烘的帐篷"，自己"独自一人上了一只救生筏"，划到了瑞典。

奥尔，就像他的名字暗示的那样，为约塞连提供了摆脱困境的一种可能性。最终理解了奥尔的约塞连，也在小说结尾效仿后者，决定在出逃前无私地带上内特利的妓女的妹妹，一起飞往瑞典。

5.3 牧师

牧师塔普曼早在故事的第一句就出现了，随着情节的发展，在小说最后成为为数不多的主角和幸存者之一。在一个杀戮和压迫成为人类美德的环境中，牧师先前接受的"无差别的爱""上帝是仁慈的"等宗教信仰面临严重挑战。在清醒认识到军事体系的荒谬和恐怖后，与不敢维护自己、变成军队"隐士"的梅杰少校不同，牧师多次尝试在所处的疯狂环境中建立道德基础。小说结尾，在听到奥尔成功逃往瑞典的消息后，牧师决定留下来，而不是逃避他的生存责任，这意味着权力重重的军事体系有望改变。

5.3.1 宗教困境

纵观西方和美国历史，宗教一直是建立世界秩序、让所有生活在其中的人和平满足的最常用手段。福柯在其众多著作中，尤其是《宗教与文化》和《疯癫与文明》中，对宗教及其运行的权力机制进行了仔细的研究。他指出，宗教是一个西方概念，是西方看待和概念化世界的工具。宗教中宣扬的所谓"真理"

和世俗真理一样，背后渗透了权力的博弈和运作，也在不同时期被权力操纵，成为实施精神控制的武器。在《第二十二条军规》中，在杀戮成为唯一美德的战场上，牧师的宗教信仰面临严峻挑战。他对宗教信仰的丧失和恢复是这部小说的一个主要议题。

海勒在小说的开头就把牧师和主人公约塞连联系在一起，后者对前者"一见钟情"（《第二十二条军规》，1页）。作为读者，考虑到书中对上帝和所有传统价值的讽刺攻击，我们一开始可能以为牧师会成为叙事声音极尽嘲讽的对象。但事实并非如此。牧师是一个正派的人：他恪守自己所宣扬的原则；他对他所服务的战士感到同情；他爱并想念他的妻子和三个孩子；他在因为信仰危机无法睡眠而求助睡眠药片时，甚至会感到内疚。但具有讽刺意味的是，在小说中，这位热爱上帝且品德高尚的神职人员遭到了所有人——无论下级士兵还是上级军官——的隔离和疏远。

在变幻莫测的战争世界里，那些构成宗教内核的普世价值——宽容、同情、友爱、正义、谦逊、牺牲、信任、惠众和团结——都碎成齑粉。士兵们被训练成战斗机器，杀戮成为评判他们的唯一标准。士兵因杀戮的罪行和被杀的恐惧而求助牧师，而后者却无法有效安慰和安抚，这充分揭示了战争时期宗教的困境。因此，牧师被士兵们敬而远之，只交到几个朋友，和他们在一起他的烦躁只是缓解却无法消除。科恩上校是皮亚诺萨岛上最明显的愤世嫉俗和不道德的角色，他把牧师流放到离部队几英里远的树林里的一个帐篷里，并制定了一个复杂的食堂轮换时间表，目的只是尽可能地让牧师远离人群。

……让随军牧师住在大队司令部大楼之外，一个很好的理由就是科恩中校的理论，说牧师和他的大多数教区居民一样住帐篷，可以使他们保持更密切的联系。另一个不错的理由是，让牧师成天待在大队司令部附近会弄得其他军官很不自在。

同上帝保持联系是一回事，他们也都很赞同；但让他一天二十四个小时在周围出现，就是另一回事了……（《第二十二条军规》，201 页）

牧师因其宗教职业而被孤立，但如果他像米洛一样抛弃宗教道德，用宗教去满足上级官员的需要，他是有机会摆脱自己的边缘地位，回到权力中心的。在第十九章中，当"卡思卡特上校非常渴望成为一名将军，他愿意尝试任何事情，甚至宗教……"（《第二十二条军规》，189 页）时，宗教第一次有机会触及军事权力的核心。这个想法随着小说情节进一步发展：《星期六晚邮报》上的一张照片给卡思卡特留下了深刻印象。照片上是一位上校，他因为让他的牧师在每次任务前进行祈祷而登上报纸。卡思卡特因此获得灵感，"说不定我们做做祷告，他们也会把我的照片登在《星期六晚邮报》上"（《第二十二条军规》，202 页）。卡斯卡特心中宗教的工具性内涵在他与牧师的对话中逐渐显露出来：

"现在，我要你认真考虑一下我们该念哪一种祷文。我不喜欢沉重或悲伤的东西。我希望你选择的祷文轻松愉快，让小伙子们感觉良好地出发。你明白我的意思吗？我不想要什么'上帝的国度'或'死亡的幽谷'之类的废话。那些话实在太消极……"（《第二十二条军规》，203 页）

卡思卡特最后表示，"如果可能，我倒想彻底避开宗教话题"，并直白承认祷告的真正目的："士兵们已经对我派给他们的任务怨声载道了，说我们从不拿上帝、死亡或天堂的说教来触人痛处。我们为什么不能采取更积极的做法？为什么不能祈祷一些美好的事物，比如说，把炸弹投得密集些？我们不能祈祷把炸弹投得密集些吗？"（《第二十二条军规》，204 页）

　　当牧师出于人人平等的宗教信条，坚持祷告时"让无神论者离开房间再让士兵们进来"（《第二十二条军规》，205 页），并告知卡思卡特，士兵和军官共同侍奉同一个上帝，将士兵排除在祈祷会之外可能会违背上帝旨意，从而导致炸弹投得更加松散时，卡思卡特的一时兴起立刻就熄灭了。卡思卡特最终"懊恼地放弃了他的计划"，"那就见鬼去吧"。（《第二十二条军规》，208 页）

　　艰难残酷的战斗环境和腐败专制的军事统治让牧师开始质疑他对上帝的信仰和他对自身职业的质疑："自从随军牧师开始好奇世间万物究竟是怎么回事起，已经有些时日了。上帝存在吗？他怎么能肯定呢？"（《第二十二条军规》，284 页）通过展示一个毕生致力于宗教的人开始质疑宗教，海勒其实反映了质疑传统价值观的反主流文化。随着那些之前被认为是真实的东西失去真实感，失去信心的人们开始焦虑。当一个人的存在没有任何基础时，其目标感或意义感就会丧失。

　　更糟糕的是，牧师被隔离在团体之外，这使得他只能将这份焦虑引向内心深处，并愈演愈烈：远远看到的人物让牧师以为是在谈论自己；他不断设想自己是某种讽刺或笑话的对象，"他不是得到了神佑就是丧失了理智"（《第二十二条军规》，273 页）。即使是他对家人的美好回忆也无法帮助他摆脱这一困境，他的患得患失导致他开始暴力幻想，而这一切还无法在寄回家的信件上言明。

　　……为什么就没有人明白他其实并不是怪物，而是一个正常、孤独的成年人，在努力过一种正常、孤独的成年人生活？他们刺他，难道他不流血？有人呵他痒，难道他不笑？似乎他们从来没有想过，他，恰如他们，有眼睛，有双手，有器官，有个子，有感觉，有感情，他会被同一类武器所伤，因同样的微风吹过而感到温暖和凉爽，又以同一类食物为生……（《第二十二条军规》，287 页）

在这一段中，海勒模仿了莎士比亚的喜剧《威尼斯商人》。正如夏洛克作为犹太人被基督教徒操控一样，牧师作为再洗礼教徒也被军官操纵。再洗礼教徒是一个模糊的身份，只意味着他信基督，但不是洗礼会教徒。"可能是任何人"（《第二十二条军规》，392 页），正如审判他的官员说的那样。

尽管身处残酷战场的牧师开始质疑上帝和基督教存在的真实性，但他还是尽其所能寻找证据证明自己的质疑是荒谬的，因为"身为美军一名再洗礼教牧师，即使在最顺利的情况下，都已经够困难的了；若没有信仰，那境况几乎无法忍受"（《第二十二条军规》，284 页）。在证明上帝存在的过程中，牧师总是被困在似曾相识的状态中，即所谓的"既视感"。有一次，牧师在遇到约塞连时谈论起它，约塞连认为，"所谓既视感不过是两个协作的感觉神经中枢——它们通常同步活动——在运作中暂时出现的稍微延迟"（《第二十二条军规》，285 页）。牧师对此却不以为然，认为"（既视感）不是来源于神的启示就是一种幻觉"（《第二十二条军规》，286 页）。正如我们读者所知，牧师对约塞连感觉很熟悉，因为后者是斯诺登葬礼上裸体坐在树上的人，但这种熟悉感也被牧师扭曲为"仅仅是幻觉"或"真正的启示"。通过对牧师"既视感"的描述，海勒又给读者抛出一个问题，即事实是什么？如果牧师可以将一个裸体男子在树上的真实场景视为幻觉，那么这对相信其他所谓"事实"的我们意味着什么？如果连双眼真实看到的树上的裸体男人都可以被认为成幻觉，那我们肉眼看不到的东西，如"荣誉""勇气""爱国主义"等理想和价值观呢？一切都陷入了"庄生梦蝶"的谜团，失去了真实感和意义。

与牧师相比，牧师的助手惠特科姆下士要精明老练得多。他的道德感微薄或者根本没有，总是试图超越牧师，赢得上级的青睐。在试探性地侮辱了牧师而没有受到惩罚之后，惠特科姆开始以公开的粗鲁和轻蔑态度对待牧师。正是他提出了向阵亡士兵的亲属发送慰问信的想法，并由卡思卡特上校签名，这样后者就有机会登上《星期六晚邮报》，尽管牧师对此并不同意，"在死亡这样一个可怕、神秘的场合，假充庄重、故作悲伤、伪称对死后之事有超自然的知识，似乎是罪过中之最可耻的"（《第二十二条军规》，289 页）。惠特科姆甚至为又有 12 人在战斗中丧生而感到高兴（这 12 人的家属收到了重复的"个性化"慰问信），因为这样他就更有机会在《星期六晚邮报》上发表文章赞扬他的指挥官卡思卡特，从而军衔也由下士升为中士。也正是他故意让调查部的密探相信牧师正是前者所寻找的在信封上签"华盛顿·欧文"的罪犯，导致牧师在牢房里受到几名上级官员的调查和欺凌。总之，惠特科姆和牧师互为镜像，展现了失去道德感的牧师反而会平步青云，在官场混得如鱼得水。

5.3.2 牧师审判

极具讽刺意味的是，牧师是在履行神职人员职责的时候被捕。他当时"眼睛充满泪水"，正要安慰为内特利之死而悲伤的人们。这种情况乍一看对当代读者来说可能很奇怪，但实际上是对 20 世纪 50 年代美国麦卡锡主义社会的戏仿。当时，公民和官员经常受到中情局人员的骚扰，并因涉嫌对政府进行颠覆活动而被捕。对牧师的审判体现了军事制度的固有残酷性和恐怖性。尽管仅仅因为别人造谣而被捕这件事看似十分荒谬，但在 20 世纪 50 年代，这样的事屡见不鲜。而且，士兵们在逮捕牧师的时候并没有告知牧师被捕的原因，致使后者一直不明所以，以为这可能就是他认识的人给他开的一个粗鲁的玩笑。生长在"自由平等"文明的美国社会，牧师认为在现代社会，压迫是不可能存在的，尽管在小说中，几乎所有的人物都被剥夺了这种"自由"和"平等"。

审判地点在总部大楼的后面。牧师被领着"走下一段通往地下室的颤巍巍的木楼梯"，并被带进"一间潮湿阴暗、水泥天花板低矮、石墙裸露的房间"

（《第二十二条军规》，406 页）。不仅这个地方是保密的，而且对牧师的整个调查都是秘密进行的，这在今天的司法程序中似乎令人难以置信，但根据福柯的说法，这是现代社会之前常见的立法实践：

> 直到宣判，刑事诉讼程序都是保密的：也就是说，不透明，不仅对公众，对被告本人也是如此。这件事是在他不知情的情况下发生的，或者至少在他对指控或证据一无所知的情况下。（《规训与惩罚，35 页》）

审判开始时，牧师被警察强制"坐"在一把坚硬的直靠背椅子上，并被"放"在"聚光灯下"，聚光灯直接射向他的脸（《第二十二条军规》，406 页）。这种安排与福柯在《规训与惩罚》中描绘的全景式监狱非常相似。根据福柯的说法，现代"微妙的、经过计算的服从技术"（《规训与惩罚》，201 页）是基于一个看不见的"凝视网络"（《规训与惩罚》，171 页）。前现代社会的瘟疫时期，医生们通过对患者冰冷尸体的观察和凝视，确立起一整套监视技术，这一技术被运用到现代审判流程中。（《规训与惩罚》，195 页）。军官们的凝视让牧师感到"无能为力"：

> 他意识到，他们可以随心所欲地处置他，这些残忍的家伙可以就在地下室里把他活活打死，没有人会来救他……（《第二十二条军规》，406 页）

接下来就是人们熟悉的"好警察/坏警察"审问手段。一名少校向牧师保证"一切都会好的"，而一名上校则威胁牧师说"他当然有罪！"（《第二十二条军规》，407 页）。他们指控牧师的罪行有两项：在士兵的寄家信件和官方文件上写下"华盛顿·欧文"，以及从卡斯卡特上校那里偷了一个梅子番茄。

正如我们读者所知，第一个"罪行"实际上是由约塞连和梅杰少校分别犯下的。宗教信仰和善良本性使牧师无法指证这两人，尽管他"已经认出了约塞连的笔迹"。(《第二十二条军规》，408 页) 具有讽刺意味的是，尽管军官们发现牧师自己的笔迹与士兵信件或官方文件上的笔迹不符，也并不能证明牧师的清白：

……"这不是你的笔迹。"

"这当然是我的笔迹。"

"不，这不是，牧师。你又在撒谎了。"

"可这是我刚写的！你们看着我写的。"

……

"我们要求你用自己的笔迹写下你的名字。但你并没有这么做。"

"我当然这么做了。不用我自己的笔迹，我用谁的笔迹？"(《第二十二条军规》，408 页)

但当然，面对一群认为他有罪的军官，牧师无法改变他的结局，"那么，就是有罪"(《第二十二条军规》，384 页)。

与第一个"罪行"相比，第二个似乎更加荒谬。我们知道牧师不会偷梅子番茄，牧师的梅子番茄是卡思卡特上校给的，后者在牧师面前对女性身体发表亵渎性言论后，为了赎罪、减轻心理负担而主动给牧师的。当惠特科姆下士看到牧师手里拿着梅子番茄时，他故意诋毁牧师，声称牧师偷了番茄。但即使牧师真的偷了番茄，在这么琐碎的事情上大惊小怪也是很耐人寻味的。海勒在这里明确地用这次审判来暗示阿尔杰·希斯的指控，这在当时的美国政府中掀起了轩然大波，震惊了美国社会。

阿尔杰·希斯指控发生在 20 世纪 40 年代，一些人被政府指控有罪。财政部副部长哈里·怀特被惠特克·钱伯斯指控为联邦政府中潜藏的敌对势力。由于对捏造的指控感到愤怒，怀特死于心脏病。因此，钱伯斯将审判移交给了政府助理秘书阿尔杰·希斯。钱伯斯在一个挖空的南瓜里发现了五卷胶片，其中两卷包含国务院的秘密文件，然后声称这些"南瓜纸"是希斯制作的。为了抗议这一虚假指控，希斯与钱伯斯对质。然而，就像牧师一样，希斯被判有罪，刑期五年。刑满释放后，希斯致力于写一些回忆录来证明自己的清白，直到去世。

在小说中，牧师的梅子番茄事件虽然是虚构的，但具有现实意义。海勒用牧师的梅子番茄映射希斯的"南瓜纸"。牧师和希斯都是无辜的，但他们都受到了一些心怀恶意的当权者的指控，这决定了他们的悲惨命运。

正如福柯所写，嫌疑人"总是应该受到一定的惩罚，一个完全无辜的人不可能成为被怀疑的对象"（《规训与惩罚》，42 页）。一个人在与法庭有联系时，总会有一定程度的罪行。面对一群预设牧师有罪的军官，牧师所有的罪名都被判成立，甚至有可能犯了审判军官不知道的罪行。

"不，我们必须首先确定他有罪，"没戴徽章的军官懒洋洋地摆摆手告诫道……"我们正式指控你冒充华盛顿·欧文，未经许可恣意检查军官和士兵们的信件。你是有罪还是无罪？"

"无罪，长官。"牧师用焦干的舌头舔舔焦干的嘴唇，他坐在椅子边沿上，身体焦虑地前倾着。

"有罪。"上校说。

"有罪。"少校说。

"那么，就是有罪。"没戴徽章的军官说着在文件夹里的一页纸上写了个字。（《第二十二条军规》，413 页）

奇怪的是，在所有的劝说、威胁和强迫承认有罪之后，警察只是让牧师回归原本生活，就好像什么重要的事情都没有发生一样。他们告诉他，"走吧，滚吧，我叫你快滚"（《第二十二条军规》，413 页）。在定罪之后没有监禁或者别的惩罚，读者肯定会觉得非常奇怪，但这也是现代司法实践可能采用的一种策略。正如福柯在《规训与惩罚》一书中所指出的，现代司法不同于君主时代的司法，后者侧重于对肉体的惩罚，现今的司法更关注的是人们"灵魂"的转变。在小说中，牧师的惩罚并没有被取消，而是被故意推迟，"对极了，我们是要惩治你，但是在决定如何惩治、何时惩治你的时候，我们当然不能让你在附近"（《第二十二条军规》，414 页）。牧师被允许"快滚"，以便被"一天二十四小时都处在我们的监视之下"（《第二十二条军规》，413 页）。换句话说，军官们希望牧师会犯错误，因被监视而焦虑并陷入疯狂，并最终自证其罪。正如陀思妥耶夫斯基在《罪与罚》中所写：

> 如果我让某一位先生完全自由：既不逮捕他，也不惊动他，可是让他每时每刻都知道，或者至少是怀疑，我什么都知道，我已经知道他的全部底细，而且日夜都在毫不懈怠地监视着他，如果让他有意识地经常疑神疑鬼，提心吊胆，那么，真的，他一定会心慌意乱，真的，一定会来投案自首，大概还会干出什么别的事来，那可就像二二得四一样，也可以说，像数学一样明确了——这可是让人高兴的事。（《罪与罚》，287 页）

现代司法话语依赖于监视和由监视导致的自我疯狂，而不是使用身体折磨来使犯人招供。就牧师而言，他确实"失去了理智"，因为他放弃了自己的宗教信仰。

5.3.3 牧师的出路

这次审判是压垮牧师宗教信仰的最后一根稻草。他长期懦弱的容忍被报复性的愤怒所取代：

> ……他刚刚逃脱，便立刻变得满腔义愤。他怒不可遏，对于这一天的遭遇，他有生以来还从未这样愤怒过。他高傲地穿过大楼宽敞、回声飘荡的门厅，胸中怨恨沸腾，极想报复。他再也不能忍受下去了，他对自己说，绝对不可以忍受下去了。（《第二十二条军规》，414 页）

牧师以前一直害怕科恩中校。审判过后，出离愤怒的牧师有生以来第一次指责中校——因为他们中队的人必须执行 80 次飞行任务，而其他中队的飞行员只需要执行 50 或 55 次飞行任务。当中校没有给出牧师满意答复后，牧师甚至威胁要与德里德尔将军讨论此事，结果被告知德里德尔将军已被佩克姆将军取代。

这次审判的另一个结果是，牧师终于理解了小说中叛逆的"反英雄"人物约塞连。在审判之前，牧师总是对约塞连的反叛行为感到困惑甚至尴尬，因为这些行为挑战了牧师长期以来坚守的宗教信仰。当约塞连在一次飞行任务中腿部受伤后，牧师开始与他取得情感的认同，因为牧师做梦梦见一条鲨鱼咬了自己的腿，而伤口位置和约塞连的一致。此后，牧师渐渐变得像约塞连那样激进。上述牧师遭受的审判更以一种直截了当的方式打破了他一生的信念，并向他揭露了驱使约塞连采取所有反叛行为的荒谬和邪恶的官僚力量。也因此，牧师真正理解了约塞连。"也许我是你的伙伴"（《第二十二条军规》，467 页），在约塞连被内特利的妓女女友刺伤住进医院后，牧师这样告诉约塞连。

小说的高潮，是牧师给约塞连带来了奥尔在瑞典重新出现的消息，而这一消息给了约塞连希望，让约塞连相信他也可以逃脱。

> "我简直可以看见他！"牧师叫喊道，暂停了一下他的赞美，好喘上一口气，"这是人类毅力的奇迹，我告诉你们。这正是从现在起我要做的！我要坚持不懈！是的，我要坚持不懈！"（《第二十二条军规》，482 页）

在牧师眼里，奥尔的逃跑代表着希望，是面对巨大军事机器的压迫，除了顺从和绝望，还有的另外一种可能性。"如果奥尔能划到瑞典去，那么我就能战胜卡思卡特上校和科恩中校，只要坚持不懈"（《第二十二条军规》，485页）。牧师选择留在军队并坚持不懈，这给了军界和他自己很大的可能性：也许他会受到军事官僚机构的纪律处分，并与邓巴有着同样的命运——邓巴在医院里发出叛逆的呼喊后被高级官员"失踪"；也许他会通过他的"坚持不懈"改变军队。无论如何，与被驯化的士兵不同，牧师的生活充满了可能性。

5.4 约塞连

从人道主义基督徒到"暴力的叛乱分子"，小说很好地展现了牧师的整个"觉醒"过程。 在残酷腐败的军事官僚体制的压迫下，牧师长久以来的信仰体系开始崩塌，他自己也开始思考宗教的真实本质。他的经历是从"相信"到"质疑"的逐步演绎，这在主人公约塞连的经历中是完全缺失的。尽管在最初的日子里，约塞连确实顺从命令，全力完成轰炸任务，但他很快改变了目标，竭尽所能避开高射炮，以保全自己的性命。从他身上我们可以发现一个典型的卡夫卡式形象——他不忠诚，把自我保护作为自己最关心的问题。然而，描绘一个懦弱、自私和不忠诚的现代人并不是海勒的全部意图。在小说最后的五十页中，海勒让他的主人公放弃了他早些时候拥护的一些观点，如一个人的生命比任何使命都更加宝贵等。事实上，约塞连最后之所以逃离战场，是因为他意识到有的东西比身体上的痛苦和死亡更可怕。他的逃跑，不仅为了自己，也为了他人。

5.4.1 约塞连的早期叛乱

与现实主义小说的常见做法不同，海勒没有给我们详细描述主人公的外表和背景信息。从身体上看，他高大强壮，28 岁，但我们只了解这些。我们知道"他是亚述人"（《第二十二条军规》，15 页），一个已经消亡的古老而神秘的奴隶制国家的人，而且他的名字约塞连（Yossarian）和亚述人（Assyrian）的英文拼写和读音都是很相似的。这个名字让他的指挥官卡思卡特上校既害怕又讨厌：

……约塞连——他一看到这个名字就浑身战栗。名字里有那么多的 s。它只能是颠覆性的，就像颠覆这个词本身。它也像煽动和阴险这两个词，又像可疑、法西斯分子这些词。这是一个丑恶、陌生、令人反感的名字，是一个无法激发信任感的名字。它根本不像卡思卡特、佩克姆和德里德尔这些干净、爽脆、诚实的美国名字。（《第二十二条军规》，222~223 页）

注：约塞连（Yossarian）、颠覆（subversive）、煽动（seditious）、阴险（insidious）、可疑（suspicious）、法西斯分子（fascist）都含有字母 s。

海勒在一次采访中解释了他给小说主人公起这个名字的意图："我想赋予主人公一种独特的文化……我这样做的目的是塑造一个局外人，一条从本质上就是局外人的人。"和福柯一样，海勒关注"局外人"，或者"边缘人"，关注这些和主流人价值观念相左的人，对于边缘人的反抗寄予很大希望，希望能从他们身上打开缺口，为权力话语构建的现代社会寻找到一条解决之道。在小说中，士兵应该听从指挥官的话，为国家服务，甚至在必要时牺牲自己。然而，约塞连无法遵守与"士兵"这个标签相关的规范，因为他足够聪明，能够看穿这个标签，并注意到以卡思卡特上校和科恩上校为代表的那些上级军官丑陋的个人利益，"在我和每一个理想之间，总是隔着许多沙伊斯科普夫、佩克姆、科恩和卡思卡特那样的人，而这又或多或少改变了我的理想"（《第二十二条军规》，478 页）。

根据福柯的观点，人的服从是通过规训权力的运作来实现的，规训权力的最终目的是产生驯服的身体。因此，人的身体成为权威和个人争夺控制权的战场。"灵魂是身体的毒药"（福柯，1992）。约塞连对当局宣传的理想感到失望，他放弃了成为一名"好士兵"、一个传统意义上的英雄的想法，而是试图成为一个斗士，一个拒绝参与权威组织的"死亡之舞"的"反英雄"人物，尽其所能来拯救自己的生命。

约塞连为了避免执行飞行任务，计策百出：他秘密移动轰炸线，以便推迟执行博洛尼亚的轰炸任务；在飞往轰炸目标的路上，他以对讲机失灵为借口，强迫机组人员飞回基地，而事实上对讲机是他自己弄坏的；在执行阿维尼翁任务之前，他用肥皂掺进中队的食物，以使飞行员腹泻，从而无法飞行；等等。除此之外，他经常采取的策略是装病，这样他就可以待在医院里，而这个地方在他眼里是战争和死亡的避难所。

> ……医院里的死亡率比医院外低得多，而且一般来说，医院里极其严重的病人也少些。医院里的死亡率比医院外低得多，也正常得多，很少有人不必要地死

掉。人们对死在医院里要了解得多，因而处理起来也整洁、有条不紊得多。他们虽不能在医院里控制死亡，但是无疑使她规矩听话了。他们教会了她礼仪。他们虽不能把她挡在门外，但她在里面时举止得当，像位淑女。（《第二十二条军规》，176 页）

然而，早在约塞连第一次住院期间，在他了解到得肝病的好处时，他就意识到医院其实与拯救无关，甚至本身也有可能杀人。事实上，这家医院已经把自己转化为一个机器修理车间，在那里，士兵们被当作金属片一样对待，他们的健康得到了照顾，只是为了确保这台巨大的军事机器的功能。例如，在第一次住院期间，约塞连错误地把一个"看什么都是重影"（《第二十二条军规》，187 页）的士兵视为装病者，并模仿他的所有症状，以延长他的住院时间。当这个人死后，约塞连才发现"自己跟随他已经走得够远了"（《第二十二条军规》，193 页），再装下去医生就有可能认为自己也要死了，决定重返战场。恰巧，死去的士兵的家人来到医院，希望在儿子死前见他最后一面。一名医生注意到了约塞连装病的行为，并以此为威胁，强迫他假装是已经死去的士兵。当约塞连反驳说他不是这家人的儿子时，医生回答说："他们只好有什么看什么了。对我们来说，反正都是快死的小伙子，好歹都一样。在一个科学家眼里，所有快死的小伙子都是平等的"（《第二十二条军规》，194 页）。医生看似民主的发言揭示了他冷酷、毫无人性的一面。更具讽刺意味的是，这家人在儿子临终前的探访反而证实了医生的论述，即"所有快死的小伙子都是平等的"。当时，尽管约塞连多次强调他不是他们垂死的儿子朱塞佩，而是约塞连，他们却不知何故一致认为他是他们的儿子。

在往返帕尔玛运输牛奶的任务结束后，约塞连又一次住进了医院。当时无能的阿费驾驶飞机进入德国防空炮火区域，致使约塞连受伤。这次住院让约塞连能够更好地理解军事权威驯化的非人力量。当约塞连在医院醒来时，他发现隔壁床上躺着好友邓巴，但邓巴声称自己根本不是邓巴，而是一个姓福尔蒂奥里的人。约塞连检查了邓巴床脚的名卡，发现"邓巴说得对：他再也不是邓巴了，而是安东尼·费·福尔蒂奥里少尉"（《第二十二条军规》，309 页）。邓巴运用权势和福尔蒂奥里换了病床以便和约塞连同一病房。讽刺的是，换床并没有让那些医生和护士产生怀疑，因为他们只把病人视为标有数字的"金属片"，并把治疗与这些数字联系起来。难怪克拉默护士会在约塞连声称"那是我的腿"（《第二十二条军规》，310 页）后反驳他：

> "那当然不是你的腿！"护士克拉默反驳道，"那条腿是属于美国政府的。它和一件装备、一只便盆没有什么区别。美军投入了大量的资金才把你培养成飞行员，所以你没有权利不遵从医生的命令。"（《第二十二条军规》，310 页）

在被护士克拉默指控性骚扰后，约塞连接受了医院精神科医生桑德森少校的检查。基于对弗洛伊德心理学的了解，约塞连故意给桑德森少校捣乱，强调自己对权威的厌恶，以便后者能够识别他的"反社会"倾向。他成功了。"……你有严重的受迫害情结，你觉得大家都想伤害你，"桑德森宣称，"你根本不尊重极度权威和旧式传统。你又危险又堕落，应该把你拉出去枪毙！"（《第二十二条军规》，319 页）最后，令约塞连吃惊和愤怒的是，桑德森少校根据他对约塞连的诊断，给了一个福尔蒂奥里少尉出院的机会。不管约塞连的争论和乞求，桑德森坚称，他诊断过的那个人是福尔蒂奥里，因为这个名字写在约塞连床头名卡上。换句话说，因为约塞连躺在福尔蒂奥里的床上，他就一定是福尔蒂奥里。躺在床上的病人说他是谁并不重要；他的身份是由军队通过扭曲的重新分配决定的，他们不在乎他到底是谁。

当约塞连遇到躺在医院里的"浑身雪白的士兵"时，军队恐怖的压迫和规训力量达到了一个高潮。这个"浑身雪白的士兵"不会说话，除了缠满绷带，没有任何明显的外表特征。他就像一个空壳，嘴的位置开了一个洞，还有瓶瓶罐罐连接他的身体维持他的生命。对他的描写不像在描述一个人，倒像在描述一个死物。正如 J.P. 斯特恩所说，"浑身雪白的战士"代表"无数爱国的无名战士背后冰冷的现实"，代表了军队将士兵物化为可替换和可拆卸的零件。

面对这位"浑身雪白的士兵"，约塞连感到不安，因为前者看起来更像是一个物体，而不是一个人。"雪白的士兵"的存在反映了军事机构的强大力量，它剥夺了士兵的个性，将他变成了军事机器中有用的一部分。护士们不知疲倦地擦拭"雪白的士兵"身上连接的瓶瓶罐罐，扫掉他绷带上的灰尘，每天给他量体温。所有的一切在约塞连看来，都是无用的。他们并没有帮助绷带里面的士兵，而是专注于清理他的绷带外表。护士克拉默甚至开始哭泣，因为"她被那个'浑身雪白的战士'深深打动了"（《第二十二条军规》，179 页）。事实上，她是被所谓的爱国主义理念和军队所代表的一切所打动，而不是被绷带里面无名士兵的不幸处境所打动。约塞连提出的令人不安的问题"管他是谁在那些绷带里呢。你可能实际上在哭别的什么人。你怎么知道他还活着？"（《第二十二条军规》，179 页）是海勒对士兵失去人性和个性的苦涩讽刺。军事官僚机构只关心其运作效率，对组成它的个人却毫不在乎。

第十七章的标题是《浑身雪白的士兵》，但这不是我们第一次遇到这个士兵。这个士兵早在第一章就出现了。当时他并没有那么令人不安，只是让人产生到一种怪异的幽默感。随着叙事的进行，他所造成的阴郁可怕气氛逐渐增强，并在第三十四章达到了高潮。在这一章，"浑身雪白的士兵"的神秘再现粉碎了所有喜剧的可能性。约塞连的朋友邓巴被吓坏了——无论是第一章、第十七章出现的第一个"浑身雪白的士兵"，还是第三十四章出现的第二个"浑身雪白的士兵"，其本质都是一样的——它再次印证了战争环境下死亡的如影随形。这一沉重负担远非邓巴所能承受，所以他简单地喊道："他回来了！他回来了！"（《第二十二条军规》，388 页）

邓巴的叫喊让医院里的其他病人也开始恐慌起来。这场医院骚乱使得监督医院的军事当局决定让邓巴"失踪"。约塞连非常恐慌。邓巴是约塞连最好的朋友，是除了约塞连以外唯一一个知道"真的有一场战争在进行"（《第二十二条军规》，39 页）并努力活得尽可能长的人。在整部小说中，约塞连和邓巴是一对，他俩对生与死有着相同的看法。在某种程度上，邓巴是约塞连"本我"的投影，代表了约塞连对生命和自由最深切的渴望。邓巴被"失踪"，这是对约塞连以前"不正常"行为的严重警告——为了军事等级制度的稳定，任何无法遵守和维持等级制度价值观和法规的人，都将"失踪"。用斯蒂芬·W. 波茨的话来说，"邓巴的'失踪'，从这种意义上来说，代表了两个人的失踪"。（1989）

5.4.2 约塞连的变化

作为一个聪明、老练，有足够文学和心理学知识的人，约塞连谨慎地运用自己的智慧和庞大的军事机器"过招"，避免被其规则——"第二十二条军规"所束缚。然而，他的努力并没有将他从军事法规中解救出来，他的所谓伎俩和谋略都会对他或其他人产生影响。例如，他在审查信件时发明的签名游戏，导致了后来的"牧师审判"；他在医院里装病，被一名医生发现后强迫他扮演一名垂死的意大利飞行员，医生声称"我们都同处于这桩虚幻的买卖中"（《第二十二条军规》，194 页）；同样，他通过弄坏对讲机的方式来逃避飞往博洛尼亚的懦弱行为并不能阻止他在博洛尼亚上空腿部受伤。正如史蒂芬·斯奈德曼在他的文章中所指出的那样：

（约塞连的行为）是小说情节的主线。他要对书中描述的几乎所有事情承担个人责任……在继续执行飞行任务的前提下，约塞连前期对军事官僚的种种微弱抗议，不仅不能阻止任何人被杀，而且会引发进一步的悲剧。

在小说的后半部分，约塞连改变了他对上级的消极不合作态度，所引发的结果回应了斯奈德曼的评论。作为对阿喀琉斯故事的模仿，内特利扮演了帕特洛克勒斯的角色，他的死亡促使约塞连开始主动出击。因此，在第三十八章中，作为对上一章沙伊斯科普夫命令所有人参加阅兵的回应，"约塞连把枪挂在屁股后面倒退着行进"（《第二十二条军规》，420 页）。在他所有的伎俩和谋略都误入歧途后，他终于找到了勇气，拒绝再执行任何任务，朝着与其他人相反的方向前进，"好确定后面有没有人偷偷跟踪"（《第二十二条军规》，420 页）。如果不考虑他是对的这一事实，约塞连的行为就像个偏执的疯子；如果他继续飞行，他会像内特利一样面临被杀的危险，或者如果上级军官们抓到他，他可能会像邓巴一样"失踪"。矛盾的是，比起顺从当局、继续执行任务，小说结尾约塞连看似懦弱的逃跑需要更多的勇气。这是一种在绝望中产生的勇气，所有他能制胜卡思卡特并比卡思卡特活得更长的希望都随着内特利的死而消散了。约塞连几乎是他最初的那群伙伴中唯一活着的，只有与往常不同的行为才能让他免于类似他们的死亡或"失踪"。他最终必须为自己的生存负起全部责任。

当约塞连开始公开反抗卡思卡特为代表的军事官僚时，其他飞行员都自觉地避开了他。然而，当他漫步到荒野、远离基地的监视时，支持他反抗的追随者一个个地出现。甚至惯于对上级阿谀奉承的阿普尔比和哈弗迈耶也向他表示鼓励和支持。"我希望你能逃过这一劫，"阿普尔比充满信心地低语，"真的。"

（《第二十二条军规》，429 页）

第二天整个晚上，黑暗里不断有人突然冒出来问他情况如何，脸色疲惫忧虑地声称跟他有某种他从来不觉得存在的秘密的亲属关系，借此向他打听机密消息。中队里一些他很不熟悉的人在他经过时凭空钻出来，问他情况如何。甚至别的中队的人也一个接一个地藏在暗处，然后在他面前冒出来。（《第二十二条军规》，431 页）

当得知约塞连的反抗时，卡思卡特上校和科恩上校并没有像对待邓巴那样让约塞连"失踪"。他们认为约塞连的反常是因为好友内特利的死，决定同情他并送他去罗马散心。约塞连借此机会将内特利死亡的消息传达给内特利的妓女，后者却蛮横地认为他应对内特利的死负责，并在小说的剩余部分里一直拿刀追捕约塞连。

当约塞连擅离职守前往罗马寻找内特利的妓女的妹妹时，内特利的妓女的疯狂行为得到了解释。就像身处特洛伊的埃涅阿斯，史诗《地狱》中的但丁，小说《黑暗之心》中的马洛，约塞连绝望地徘徊在腐败和恐怖的噩梦中。他在夜间目睹的暴行不仅发生在 1944 年的罗马，也发生在整个西方文明史甚至整个人类历史上。

当回到罗马的妓院时，约塞连发现了这个世界的残酷和疯狂。"罗马斗兽场只剩下破败的外壳，君士坦丁凯旋门已经倒塌。内特利的妓女的公寓已是满目疮痍"（《第二十二条军规》，435 页）。剩下的唯一住户是之前接待过约塞连他们的那个老妇人。她告诉约塞连，宪兵摧毁了这个地方，把所有的女人都赶到了街上。"连外套都不让她们带上"（《第二十二条军规》，436 页）。当约塞连追问宪兵为什么这么做时，他听到了一个让他不寒而栗的回答："第二十条军规。第二十二条军规说，他们有权做任何我们不能阻止他们做的事情"
（《第二十二条军规》，437 页）。就这样，约塞连再一次陷入了非理性权威的
非理性语言建构。他开始明白了——

> ……第二十二条军规并不存在，对此他确信无疑，但这没用。问题在于每个
> 人都认为它存在，而这才是最为糟糕的，因为不存在对象或条文可以嘲笑或批驳，
> 可以指责、批评、攻击、修正、憎恨、谩骂、啐唾沫、撕成碎片、踩在脚下或者
> 烧成灰烬。（《第二十二条军规》，409 页）

尽管约塞连从一开始就被周围的环境所困扰，并对他看到的痛苦灵魂感
到同情，但他并不是他看到的地狱中的一部分，或者说，他并没有融入或试图
改变。当他在腐败的罗马街道上漫步时，约塞连试图避免看到他所看到的东西：
一个苍白、多病、赤脚的男孩，一个男人在打一只无助的狗，一个男孩被一个
男人、也许是他的父亲毫无缘由地殴打，一个老女人被一个年轻女人偷走了钱
包。"这个夜晚充满了种种恐怖的景象，他觉得假如基督来这世界走一遭，自
己也知道他会有什么感觉——就像精神病医生穿过满是疯子的病房，又像被盗
者穿过满是盗贼的囚室"（《第二十二条军规》，445 页）。

在穿过罗马街头的过程中，在目睹的所有疯狂中，约塞连都感受到了一
种模式，在这种模式中，无助的人被那些理应负责帮助他们的人虐待。一个醉
酒的女人正被一群士兵强奸；一辆军用吉普车从一名生病的士兵身边飞驰而过
却没有试图提供帮助；一名被警察殴打的意大利老人喊道："警察！救命！警
察！"约塞连还意识到，我们最致命的敌人是那些负责保护我们的人。实施社
会法律需要权力，但作为社会的一部分，无论是警察还是军队，一旦获得了权
力，就会被权力腐蚀，反而对负责保护的社会构成危险。

当约塞连逃离如地狱般的罗马街头的"宏观世界",来到同样如地狱般的军官公寓的"微观世界"时,小说又达到了一个高潮。他得知阿费强奸了无辜的女佣米迦列拉,并将她扔出窗外摔死。此时的约塞连不再是被动的观察者,而是试图挑战周围黑暗,最后一次呼吁正义和秩序,维护人道理想。他喊道:"你不能害死另一个人而逃脱惩罚,即使她是个可怜的女佣"。(《第二十二条军规》,449 页) 然而,阿费更清楚现实:

"不,先生,他们是不会这样对待老伙计阿费的。"他又咯咯笑了起来,"她不过是个女佣。我可不认为他们会为一个小小的意大利女佣而大惊小怪,现在每天都要死掉成千上万的人。你说呢?"(《第二十二条军规》,449 页)

当宪兵们到达时,阿费的言论得到了证实。他们忽视了街上死去的女孩;他们忽视了凶手阿费;他们逮捕了约塞连,仅仅因为他在罗马没有通行证。

5.4.3 约塞连的最后逃离

5.4.3.1 约塞连的困境

抵抗是富有成效的,因为它瓦解了现有权力体系的权威,创造了新的生活形式。福柯强调了抵抗的重要性,同时指出了抵抗被纳入权力体系后有失去其功能的危险。叛逆的主人公约塞连在返回皮亚诺萨后,有机会被送回美国。

当然,这是有代价的。为了不受惩罚地返回美国,约塞连必须与卡思卡特上校和科恩上校结盟,这样他们就不会在佩克姆将军和新升职为将军的沙伊斯科普夫面前丢脸,而其他士兵们也会继续执行飞行任务。如果不接受结盟,约塞连要么重新投入战斗,要么被送上军事法庭,面临长期而痛苦的惩罚。

在自身性命受到威胁后,约塞连因留在罗马而增强的道德意识崩溃了:

"他妈的！"约塞连叫道，"如果他们不想飞更多任务，就让他们站出来，像我一样做点什么。是吧？"

"当然。"科恩中校说。

"我没有理由为他们冒生命危险，对吗？"

"当然没有。"

约塞连立即咧嘴一笑，做出了决定。"成交了！"他喜悦地宣布。(《第二十二条军规》，459 页）

约塞连与卡思卡特上校和科恩中校的结盟产生了严重的后果：他不仅抛弃了战友，还把自己变成了他努力消灭的对象。他的良心再次刺痛了他，表现为内特利的妓女和她的刀。颇为玄幻的是，当约塞连走出卡思卡特上校和科恩中校的办公室时，她再次出现，把刀捅进了他的腰部，似乎是为了报复他此次最严重的共谋罪行。

约塞连在医院醒来，在精神恍惚的情况下经历了小说各个反面人物的探访：是否应该为约塞连做手术而争论不休的无能医生和办事员，杀害一名无辜意大利女佣而未受惩罚的阿费，为了确保交易继续进行而来的科恩中校。最可怕的是，约塞连被一个带着刻薄微笑的奇怪身影吵醒：

"我们抓到你的伙伴了，老弟。我们抓到你的伙伴了。"

约塞连顿觉冰冷、衰弱，浑身冒汗。(《第二十二条军规》，467 页）

这个奇怪的人自称的"我们"明显告诉读者，这个人是军事官僚的代表。他们"抓住"了约塞连的"朋友"，并将他们变成了毫无自我意识的机器零件。

约塞连的自我保护使得他无法抵抗成为"我们"的一员并幸存下来的诱惑。那么约塞连接下来如何抵抗诱惑，在不成为"我们"的前提下也能生存下去呢？他如何才能避免被体制规训，并培养自己的自主性？所有这些问题在他弄清斯诺登死亡的真正意义后都得到了解答。

斯诺登是《第二十二条军规》中的一个重要形象。尽管按照小说时间线，斯诺登的死亡发生在小说的中部，但他的死亡场景在约塞连的脑海中多次闪回，就像斯蒂芬·波茨所说的那样，"斯诺登之死贯穿了整部《第二十二条军规》"（1989）。早在小说一开始，我们就知道斯诺登——一个在阿维尼翁上空执行任务时死亡的士兵。他的死向约塞连传递了一个信号——人就是物质，一种脆弱的、易受伤害的、注定死亡的物质。因此，保存生命已经成为约塞连不可侵犯的信念。所以，他常常装病去医院；所以，在博洛尼亚执行任务负伤去医院，看到"浑身雪白的士兵"后会惊骇万分；所以他弄坏对讲机，以便不去执行轰炸任务；所以，他偷偷在地图上移动轰炸线……

这一次，就像在梦中一样，约塞连再次回忆起了导致斯诺登死亡的那次飞行任务：多布斯在对讲机上恳求约塞连帮助机枪手（值得一提的是，多布斯错把投弹手约塞连认成机枪手斯诺登，强化了约塞连对斯诺登的认同）；发现斯诺登的大腿被击中，随后约塞连也被击中；试图在没有吗啡镇痛的情况下治疗斯诺登（吗啡被米洛的"M&M企业"偷走并换取金钱）。约塞连在把斯诺登的大腿伤口紧紧包裹住后，才发现斯诺登的致命伤口——一大块高射炮弹片射入了他的身体一侧，并从另一侧炸了出来，把斯诺登的整个脏器都搅碎了：

……很好，上帝的赐物都在这儿了——肝、肺、肾、肋骨、胃，还有斯诺登那天午饭吃的一些炖番茄……从他的内脏里很容易读出这点信息：人是物质，那就是斯诺登的秘密。把他扔出窗口，他会坠落。拿火点着他，他会燃烧。把他埋掉，他会腐烂，跟别的各种垃圾一样。精神一去，人即是垃圾。这便是斯诺登的秘密。成熟就是一切。(《第二十二条军规》，472 页)

在这里，约塞连获得了另一层意义——只有当精神离开时，人才是物质。没有生命，人就是垃圾，但没有精神，人也是垃圾。这里的"精神"具有形而上学的灵魂感，根植于道德和超越。约塞连意识到，他应该拒绝科恩中校的交易，这不仅是为了他自己的道德操守，也是为了军队中所有人的生命。当然他也知道，如果他这样做，他可能会冒着生命危险。约塞连现在面临的困境是，他无法同时在两种意义上保持精神的完整；要么他继续执行飞行任务并失去生命，要么他与科恩上校同行并失去精神。不管怎样，他都是垃圾，只是物质。

5.4.3.2 奥尔的替代方案

就在约塞连几近绝望之际，牧师塔普曼充当了信使，带来了在执行第二次博洛尼亚任务后失踪的奥尔在斯诺登安全登陆的消息。"这是奇迹，我告诉你！"牧师告诉约塞连(《第二十二条军规》，482 页)。

这一消息给约塞连黑暗的人生投入一线希望。他突然发现了奥尔疯狂背后的原因。奥尔失踪前的所有行动都是为了一个目标——逃跑。为什么他付钱给一个妓女，让她用尖头高跟鞋砸他的头？因为这样他就可以避免继续执行他的飞行任务。为什么他不停地摆弄他和约塞连共用的帐篷里的煤气炉？因为当自己离开的时候，约塞连在冬天会很暖和。为什么他必须如此频繁地迫降到海里？这是他逃跑前的练习。他为什么要敦促约塞连和他一起飞行？这样他们就可以一起逃跑了。"到底还是有希望的"(《第二十二条军规》，482 页)。

受到奥尔奇迹般的壮举的启发，约塞连决定自己也逃跑。他可以摆脱战场，逃到中立的瑞典去——这一行动既拒绝了成为一名以牺牲战友为代价规避危险的军官的可能性，也拒绝了继续成为一名因毫无意义的原因而冒着生命危险的士兵的可能性。对于丹比少校认为的逃跑是"逃避现实"的观点，约塞连反驳道，"我可不是逃离我的职责，我是冲向它们。为了挽救自己的性命而逃走，根本算不上消极……在罗马有个小女孩，如果能找到她，我想把她救出去。如果能找到她，我就把她带到瑞典去。所以这也不是完全为了自己，是不是？"（《第二十二条军规》，484~485 页）。

小说戏剧化的结尾常常被人诟病。许多评论家认为主人公飞往瑞典的举动是懦夫的表现，回避了小说展示并探讨的主要问题。密歇根州立大学英语教授约瑟夫·沃德米尔就曾批评小说的结尾并没有使长久以来累积的张力得到很好地释放，小说描述的问题也没有得到很好地解决，只是传达给读者这样一个信息——"看！整部小说就是一个笑话！……小说描述的事件背后确实有一些值得深思的问题，但（这样的结尾）告诉我们其实并没有"。

然而，有些学者对此持有不同看法。卡罗尔·皮尔森·哈维曼指出，那些批评小说结尾的人可能只是简单地将《第二十二条军规》归类为一部反战小说。美国参与第二次世界大战被广泛认为是正义之战，而最后美国战胜德国也被解读为"正义之师必胜"。在这种情绪下，海勒安排他的主人公逃离战场，有不光彩不道德的嫌疑。但哈维曼接着指出，这部小说并不是一部单纯的反战小说。海勒写这部小说的目的，是借第二次世界大战中的军队这个微观世界，折射现代人在心理和社会生活中的不自由状态。在现代社会，权力遍布方方面面，它规训人的身体，它塑造人的语言，它构建了"权力—身体—知识"三维体系，使得每个个体都束缚在这个网络之中，消解了主体性，变成了一个个"合乎规范"的社会产品。那么，个体的解放之路在哪里呢？

陈怡含教授指出，在福柯的理论中，"这种颠覆权力必须是一种新的权力形式，这种权力形式是反规训的，是从主体原则中解放出来的。否则，反权力如果在权力范围内活动，即使获得了胜利，也只是一种新的权力关系的产生，从而又回到了原地。所以，只有彻底放弃以规训为出发点的权力形式，才能获得一个新的自我，新的灵魂，新的生命"（2017）。在海勒看来，个体的自由之路，并不是重组一个没有战争的社会，因为社会作为一种组织架构，一旦形成，也会以各种形式束缚个体。约塞连最后的"逃跑"，其实是在逃离军事官僚体系及其背后代表的权力关系，去追寻一种超脱规训权力的个体生存美学。比起最后选择留在飞行基地、身处军事权力网络中的牧师，约塞连的逃跑其实蕴含了更大的变革希望。

第六章 "军规"下的女性

在海勒虚构的皮亚诺萨小岛，除了战争的直接参与者——以美国空军为代表的男人之外，还有一些零散的女性角色，如罗马公寓的妓女、飞行大队医院的护士以及军官们的妻子等。小说中除了《感恩节》《地下室》《不朽之城》三章之外，有三十七章都是以人物命名的，但其中只有五章以女性命名——第十六章《露西安娜》、第二十七章《达克特护士》、第三十一章《丹尼卡太太》、第三十三章《内特利的妓女》以及第三十八章《小妹妹》。小说中主要男性角色面对"军规"建立的军事官僚体系和军事资本体系进行了不同形式、不同程度的反抗。而作为女性群体，小说对她们的反抗着墨不多，主要描写的是她们在权力压迫下异化、边缘化的过程，这也成为后来女性主义者批评这部小说的原因之一。

小说中的女性被纳入到一种"压制"和"被压制"的权力关系框架之中。男性作为战场上的主角，在两性关系中也处于支配地位，而女性则沦为男性发泄身体欲望、展示自身地位和力量的工具。小说中德里德尔将军的护士没有名字，她依附于德里德尔将军而存在，对后者言听计从，"德里德尔将军无论去哪里，他的护士总跟着他，甚至就在阿维尼翁轰炸任务之前还跟着进了简令室"（《第二十二条军规》，232 页）；饿鬼乔每次遇到漂亮的女人就魂不守舍，急切地想要拍她们的裸体照片；甚至爱上一个意大利妓女的内特利，在得到她后，也开始试图用传统的男权思想"规范"妓女的行为。小说的主人公约塞连也不能免俗。在和露西安娜的交往过程中，约塞连也没能跳出"美国大兵优于异国平民女性"的思维框架，一夜情后就撕毁了写有女方地址的纸条，亲手掐断了继续交往的可能。小说中的性别意识和等级观念交织缠绕，男性气质与军事权力关系密切。本章借鉴了湘潭大学比较文学研究学者周宜生的研究成果，将女性角色按照身份分为三类：妻子、护士和妓女，结合福柯"权力、性、话语"理论，对书中出现的主要女性角色进行了深入的分析，解读她们在战争环境下被异化和边缘化的命运。

6.1 妻子形象的异化

在《性史》中，福柯对古希腊罗马时期的两性关系，尤其是婚姻关系进行了细致的考古研究。他发现，长久以来双方建立的婚姻大多是一种私下的行为，隶属于家庭。它有两方面的职能，即让丈夫承担起作为父亲的责任和妻子被托付给她的丈夫，两者共同建设好一个小家庭。但在古希腊罗马时期，婚姻逐渐进入公共领域，在家庭权威与公共权威发生冲突时，政府颁布一系列立法措施，使家庭制裁逐渐让渡给公共权力。在海勒描绘的"军规"世界，一方面，男性作为战争的主角，被异化为军事体系的"螺丝钉"，整个生活围绕集体的军事活动展开，难以履行家庭职责；另一方面，女性作为传统妻子的角色也遭到了破坏，成为欲望的化身，被塑造成背叛家庭和丈夫的形象。

6.1.1 沙伊斯科普夫太太

沙伊斯科普夫太太"最好的地方是有个叫多丽·达兹的女友"（《第二十二条军规》，71 页）。海勒在描写沙伊斯科普夫太太之前，先介绍了她的朋友，毕竟"物以类聚，人以群分"。作为沙伊斯科普夫太太镜像的多丽·达兹"年方十九，身材苗条"，"是个活泼的浪荡少女，打着金铜绿眼影，最喜欢在工具房、电话亭、运动场更衣室和公共汽车候车亭干那事"（《第二十二条军规》，71~72 页）。将多丽·达兹描述成这样一个浪荡女的形象，是为了烘托她的朋友，沙伊斯科普夫太太。

沙伊斯科普夫太太毕业于沃顿商学院。本应该精通数学的她，"每个月没数到二十八就会陷入困境"（《第二十二条军规》，72 页）。算不清生理期的她每次向丈夫求欢，以期"又要有孩子"，都会遭到拒绝，因为她的丈夫一心想要出人头地，唯一感兴趣的事情便是阅兵比赛。在丈夫看来，妻子对于两性关系、家庭关系的看重与他自己的事业目标背道而驰。

> ……沙伊斯科普夫少尉的生活绝望地拴在了一个女人身上，而这个女人只知道自己肮脏的性欲，根本就看不到为了实现那无法达到的目标，高尚的人可以英勇地投身其中，进行艰苦卓绝的伟大斗争。（《第二十二条军规》，74 页）

于是，无法在丈夫这里得到认同和满足的沙伊斯科普夫太太一到周末，便穿上陆军妇女队的制服，将对丈夫角色的渴望投射到其他人身上。她向约塞连求婚，并且"她丈夫中队里的学员，无论是谁，想跟她上床，她便会为他脱了这套制服"（《第二十二条军规》，71 页）。身体出轨的沙伊斯科普夫太太也并非毫无羞耻心——她乞求丈夫鞭打自己，通过肉体的疼痛来减轻罪恶感；她阅读性学研究创始人克拉夫特·埃宾的书，通过了解出轨、受虐等行为来获得精神的慰藉。

沙伊斯科普夫太太和约塞连就宗教问题的争论，可以说是本书的另一个高光时刻。当约塞连认为上帝是"一个乡巴佬，一个笨手笨脚、老是坏事、没有头脑、自以为是、粗野愚昧的土老帽",因为他创造了"疼痛"这类黑暗的事物时,她变得愤怒,并且坦白"……那个我不信的上帝是个好上帝,一个公正、仁慈的上帝。他不是你编排出来的那个卑鄙、愚蠢的上帝"(《第二十二条军规》,191页)。在这里,海勒似乎并没有和我们探讨上帝正义性的问题,而是引导读者探究她受虐的心理根源。换句话说,沙伊斯科普夫太太需要一个公正的、会惩罚罪恶的上帝,来减轻她未能履行传统妻子职责的罪恶感,这和她主动要求丈夫鞭打自己和翻阅克拉夫特·埃宾的书出于同一个目的。

总之,因为丈夫角色的缺失,沙伊斯科普夫太太的妻子角色也面临扭曲和异化的风险。对于她的受虐倾向,弗洛伊德有如下解释:假如人生活在一种无力改变的痛苦之中,就会转而爱上这种痛苦,把它视为一种快乐。

6.1.2 丹尼卡太太

如果说沙伊斯科普夫太太是从身体上背叛了丈夫,那么丹尼卡太太则是从精神上抛弃了丈夫。在这个"金钱至上"的非理性世界,丹尼卡太太最终被异化为金钱的奴仆,成为女版的"米洛·明德宾德"。

丹尼卡作为美军飞行大队的随军医生,在"军规"的要求下,必须参加飞行任务才能获得军饷补贴。于是,害怕飞行的丹尼卡经常拜托约塞连或者约塞连的好友麦克沃特在飞行记录上添上自己的名字,以证明他参加了飞行任务。然而,喜欢贴着海面和帐篷飞行以寻求刺激的麦克沃特,在某次低空飞行时失手让螺旋桨把战友小桑普森的身体劈为两截,他自己也因为愧疚撞山自杀。戏剧化的是,丹尼卡医生的名字当时也登记在麦克沃特起飞前填写的飞行员日志上,于是明明活着的丹尼卡被军队文件证明"死亡","他领不到军饷,也得不到军人服务社的配给供应,只好依赖陶塞军士和米洛的施舍度日"(《第二十二条军规》,366页)。

噩耗传给那个可怜的女人，一个始终遵循当时社会规范做"贤妻良母"的丹尼卡太太。起初，她非常难过，伤心欲绝，"悲痛欲绝的凄厉尖叫划破了斯塔腾岛宁静的夜晚"。接着，一封来自丈夫的亲笔信寄给了她，证明丈夫还活着。丹尼卡太太"大喜过望，宽慰地纵情哭泣"，然后"发了一封电报给陆军部，指出这个错误"。在陆军部拒绝承认错误后，丹尼卡太太"又一次残酷地成了寡妇"。就在这个可怜的女人不知所措时，命运戏剧性地发生了转折：来自华盛顿的一份通知告诉她，她将成为丹尼卡医生一万美元美国军人保险金的唯一受益人。这个消息让她"意识到自己和孩子们不会立刻面临饥饿"，她顿时从悲痛中走了出来。随后，她不断收到退伍军人管理局、社会安全总署以及各兄弟互助组织寄来的抚恤金，并且从保险公司和银行拿到了无须缴税的丹尼卡的遗留财产，"每天都带来意外之财"。"密友们的丈夫开始和她调情，事情发展成这种结局，丹尼卡夫人简直太开心了，她还把头发染了"（《第二十二条军规》，365~366 页）。

在喜不自胜之余，一直恪守妻子本分的丹尼卡太太也有过挣扎和犹豫，她"天天提醒自己，没有丈夫和她分享这一大笔钱，她正在获取的几十万美元连一个子儿也不值"。而不久后收到的丈夫亲笔信更是让她"悔恨交加"。但马上，丹尼卡顶头上司卡思卡特上校的"死亡慰问信"，加重了她心中因金钱所起的贪欲，"丹尼卡夫人带着孩子们搬到密歇根州的兰辛去了，连信件转递的地址都没留下"（《第二十二条军规》，366~367 页）。

丹尼卡太太似乎有足够的理由为自己的行为辩护。毕竟，她的搬走对整个家庭有利，少了丹尼卡分享财富，每个人的平均所得会增加；对国家也有利，陆军部的错误无人指证，因丹尼卡而起的"行政问题"得以解决。如果米洛是资本主义私人垄断的典型代表，那么丹尼卡太太则是在资本主义社会被金钱毒害的麻木群体的代表。在金钱面前，她可以不顾和自己生活多年的丈夫的生死，抛弃作为妻子的本职责任，她所有的意志被金钱瓦解和玩弄，成为资本的玩偶和奴仆。如同米洛构建的辛迪加，在这个"军规"统治下的荒谬世界，"每个人都有股份"，每件事，甚至死亡，都标上了价格。

总之，在海勒笔下构筑的荒诞世界中，男性成为战场上的杀人机器，无法履行家庭关系中"丈夫"的职责，女性也被剥离了"妻子"的真正存在意义，要么追求自己的身体满足，要么追求自己的金钱物质，成为丑化和异化的对象。

6.2 护士形象的异化

佩妮·L.费尔曼在论文中对护士职业和其在文学作品中的形象进行了研究。研究发现，1940到1950年这十年间，医学有了新的发展，表现为药物品类的增加，如抗组胺药和可的松，如医疗手段的进步，如治疗严重肾衰竭的血液透析、治疗先天性心脏病的小儿心脏手术等。护士需要担负更多的职责，但并没有被赋予更多的权力。虽然在克里米亚战争和南丁格尔之前未接受培训的护士也被派去照顾伤员，但直到1944年女性护士才被授予陆军军官职衔，到1955年才被授予海军军官职衔。总而言之，女性护士在这段时间工作量增加，但没有被授予相应的军衔或者得到相应的待遇。

这十年间，对护士的需求量剧增。美军医疗团招募女性并对她们进行短期护士培训。招募工作打着"爱国主义"的旗号，招募的对象也大多为年轻女性。凡是高中毕业成绩优异，并且意愿成为护士的17到35岁女性都可以免费接受培训并得到制服。培训期结束后，她们获得护士资格并被送往战地医院。此外，医疗团还开设培训护士助手的速成班，保证每个护士都配有至少一名训练有素的助手来帮助她将服务范围扩大到更多的病人。

这群年轻的、还未形成自己的三观但接受了高强度爱国主义教育的护士，在进入充满了男性伤员的战地医院后，很容易像海勒在小说中描绘的那样，成为男性凝视的对象，并自觉或不自觉地将伤员视为需要修理的零件，同时将自己物化为冷冰冰的医疗机器。

6.2.1 德里德尔将军的护士

在小说中，德里德尔将军的护士存在的目的只是满足德里德尔的需求和"恶趣味"，其作为护士的职业色彩和作为女人的个人体验都被淡化和忽略。她被异化和边缘化，成为他者和受害者。以德里德尔为首的男性群体迫使其失声，将其异化为男性的目标、奖励或者欲望对象。总之，德里德尔将军的护士很好地诠释了在战争环境下进一步强化的男权中心主义怎样看待女性——沉默的性工具。

德里德尔将军的护士"是个娇小丰满的金发女郎，颊上两个小酒窝，一双快乐的蓝眼睛，一头整齐的头发向上卷起"（《第二十二条军规》，229 页）。她时刻跟随德里德尔将军，就像他的影子。她逢人便笑但从不开口说话。她对德里德尔将军言听计从，时刻满足他的身体欲望和其他需求。此外，她也是德里德尔将军用来戏弄自己女婿穆达士上校的武器。德里德尔命令她穿着暴露地在穆达士周围转悠，"就是要撩得他（穆达士）心痒难耐"但得不到满足。她成为德里德尔的工具和全体军官凝视的对象，而自己作为主体的价值，如她的名字、喜好和需求，被统统抹杀。

除了戏弄自己的女婿，德里德尔还利用护士迷惑士兵，让她成为其施展军事政治手腕的工具。在下达轰炸阿维尼翁的命令时，他让护士跟进简令下达室，目的是弱化战斗任务的残酷，凸显英勇战斗可能会获得的奖励。他成功了。这个拥有丰满、性感身体的护士在简令室引起士兵的骚动，连小说主角约塞连也成功沦陷，无法自拔。

> 他凝望着她，满是悲伤、忧虑和渴望地浑身悸动着、痛楚着……他用黏湿的舌头舔了一下干渴的嘴唇，又痛苦地呻吟起来……他情欲难熬，痛惜得痴痴迷迷的……约塞连满脑子都是她闪亮的金发和从未握过的柔软、短小的指头，那领口大开的粉红色衬衫里滚圆、未曾体验过的性感乳房，还有紧致光滑的草绿色华达呢军裤包裹着的肚子和大腿交会处起伏的、成熟的三角区域。他贪婪地沉醉于她，从头一路到涂色的脚趾甲。他绝不想失去她。"哎哎哎哎哎哎哎哟。"他又呻吟起来……（《第二十二条军规》，232~233 页）

这段描写形象地表明男权社会赋予男性的特权：凝视女性的身体并判断她是否可以成为自己性行为的对象。约塞连发现德里德尔的护士是性感的尤物，是他所渴望的对象。后者丰满的胸部和充满情欲的身体对前者是一种巨大的诱惑。他想要占有她，就像占有意大利的妓女，但深知不可能——德里德尔的护士只能为德里德尔所有。因此，约塞连才在公众场合发出了绝望的呻吟，这也是男性群体面对无法拥有的、美丽性感的女性身体时的普遍反应。在这里，护士又一次面对男性的凝视，其形象是从男性角度得以书写，书写的目的也是取悦男性读者。正如女性主义学者玛格利特·马什门特指出的那样，用男性的视角描写女性的身体，可以给读者带来双重的快感——第一层快感来自女性身体的视觉呈现，第二层快感来自男性角色控制性的凝视。如此写作造成的后果是女性成为男性凝视的对象以及满足男性欲望的工具，女性自身的主体性地位被消解和否定。

就像多丽·达兹以及小说中众多女性一样，德里德尔将军的护士成为沉默的他者和无辜的受害者。她被描绘成专属于德里德尔的工具人和众多军官凝视的性客体。她的职业色彩被淡化、主体性被否定，变成了一个供男性观看的性感肉体，一个类似于罗马妓女的角色。在被边缘化和客体化的过程中，德里德尔将军的护士自己也将男性的凝视目光内化，"傻笑着"扮演男性预期视野中的女性角色——依附男性并满足男性需求，失去自我和独立性。

6.2.2 克拉默护士和达克特护士

克拉默和达克特是小说中为数不多的拥有姓名的女性角色。作为战区医院的护士，她们应该扮演"白衣天使"的角色，履行保护生命、减轻痛苦、增进健康的职责，但她们一出场就和那个"浑身雪白的士兵"连在了一起，这使得她们的职业素养和职业能力受到极大质疑。

> 那个浑身雪白的士兵像一块铺展开的绷带，上面有个破洞；又像港口里一块断裂的石头，上面突出来一根扭曲的锌管……（他）从头到脚裹在石膏和纱布里，两条奇怪、僵硬的腿从臀部给吊了起来，两只奇怪的手臂也被垂直地拉了起来，粗笨的四肢全都绑着石膏，奇怪而无用的四肢全都被绷紧的电缆线和黑沉沉悬在他上方的长得离奇的铅砣扯在半空中……（《第二十二条军规》，177页）

面对这样的病患，任何的医疗救助都失去了作用，"（他）那样躺在那儿也许只是在挨命了"。他所体现的战争残酷性和生命脆弱性使得病区的其他士兵甚至阅读小说的我们深受震撼并大为惶恐。代表军方医疗力量的克拉默和达克特护士也由此成为小说人物甚至读者发泄愤怒和恐慌的对象，她们对那个士兵的尽心照顾也变得毫无意义，"约塞连现在回想起来，觉得好像是克拉默护士，而不是那个健谈的德克萨斯人，谋害了那个浑身雪白的士兵；倘若她没有读温度计，没有报告她发现的情况，那个浑身雪白的士兵也许仍然活着躺在那里"(《第二十二条军规》，177 页)。

和丹尼卡医生的两名助手——格斯和韦斯一样，在同一病区工作、名字发音相近的克拉默和达克特护士互为镜像，共同体现军队医疗在战争面前的荒谬感和无力感。但由于后期达克特护士和约塞连的情感纠葛，这个冷冰冰的医疗机器有了对生命的爱惜和敬畏，这个人物也变得丰满立体起来，成为可以在这本男性书写的小说里独占一章的女性。

从一开始，海勒对达克特护士的描写就充满了矛盾的张力。"苏·安·达克特护士是个瘦高、成熟、腰板笔直的女性，长着滚圆的翘屁股和小小的乳房，瘦削的新英格兰禁欲主义者的脸庞可以说是非常可爱，也可以说是十分平凡"。她的"禁欲主义者的脸庞"和后文中她与约塞连的感情互动形成了反差。同样充满反差的是她的日常行为和约塞连对其行为的反应，以及背后折射出的两人不同的人生观。"她能干而敏捷，做事严谨且富有才智，她喜欢管事，总能处变不惊。她成熟而独断自持，从不需要他人帮忙。约塞连动了恻隐之心，决定帮帮她"。而他所谓的帮助就是把手伸进了达克特的裙子，一个在现今看来属于性骚扰的行为。等达克特护士终于摆脱了约塞连的骚扰，旁边的邓巴"从床上无声无息地直扑过去，双臂从后面一下揽住了她的胸脯"。达克特于是变成了"一只长脚的乒乓球"，在两人之间弹跳。这个表面滑稽的场景自从小说出版就广受诟病，因为批评家认为它传达了这样一条信息：一名独立女性真正需要的是性和男人，这充满了对女性的戏弄和侮辱。

如果把这一场景纳入到整部小说要传达的主题之中，可能读者会对海勒的这番刻画有不同的解读。约塞连和克拉特的根本分歧不在于前者对后者的能力和独立提出了挑战，而在于对后者认为自己可以不依靠他人这一观点的质疑。对于整日在死亡边缘生活的约塞连来说，依靠他人是至关重要的，因为它给人的生命以意义。这一点在两人后来成为情侣后得以凸显。在某种程度上，克拉特安抚了时刻处于恐慌中的约塞连，而在给予这种慰藉的过程中，克拉特对约塞连的依赖也逐渐生成。

> 他欣赏苏·安·达克特护士白皙的长腿和柔软的美臀；他冲动而粗鲁地拥抱她的时候，常常忘记她腰部以上的身体十分纤细而脆弱，无意中把她弄疼了。薄暮时分，他们躺在沙滩上，他喜爱她那种慵懒顺从的态度。她在他身边，他能从中获得安慰和镇静。他强烈地渴望一直触摸她，永远与她保持肉体的交流。跟内特利、邓巴和饿鬼乔玩牌的时候，他喜欢用手指松松地握住她的脚踝，指甲背轻柔、怜爱地抚弄她洁白光滑的大腿上那有着细细绒毛的皮肤，或者迷蒙地、感觉愉悦地、几乎是无意识地把他专有的、恭顺的手沿着她贝壳般的脊骨向上滑，直伸到胸罩背后的松紧带下面——她总是穿着两件套泳装，把她那娇小的乳房兜住、遮起。他喜爱达克特护士宁静而又满足的反应，她骄傲地把这种对他的依恋感展现出来。（《第二十二条军规》，357 页）

在战争环境下，士兵们的时间、肉体甚至生命都被无情的军事官僚所侵占，因此他们迫切地需要一样东西可以让他们摆脱对死亡的恐惧。因此，战争小说中对性的描写大多非常露骨并频繁。福柯认为，通过性，每个个人才能达到对他自己的了解，认识他的整个肉体和本体。"通过性，我们在各种疯狂的表现中找到我们可以理解的东西，从被视为屈辱的东西中寻找肉体的完整，从朦胧的冲动中寻找本体的存在。所以，性比我们的生命更加重要……"（陈怡含）。

这种肉体的依恋以及背后对生命的敬畏，对克拉特护士来说是"困惑不解的"。她不理解为什么自己这具"熟悉而又平凡"身体，"男人竟能从中得到神魂颠倒的快乐，他们竟有那么强烈、兴味盎然的欲求，只想碰碰它，只想急切地伸手出去揪揪它、捏捏它、掐掐它、揉揉它",但是,"她愿意相信他(约塞连)的话",并和约塞连一样,享受这种由身体的联系所带来的"一种特殊的温暖与期待的安宁感"(《第二十二条军规》,358 页)。

除了肉体的依恋,达克特给予约塞连的,还有精神上的慰藉和情感上的认同。和一心只想满足身体欲望的饿鬼乔不同,约塞连的需求不仅仅是身体层面的。达克特的陪伴使得约塞连"从不觉得寂寞",因为她"确实非常懂得何时闭嘴,又任性得恰到好处"。在她的身边,约塞连感到了从其他女孩那里无法得到的快乐,并且可以思考"多少人死在了水底下",逐渐厘清自己目前的生活处境。换句话说,达克特护士让这个时刻面对死亡威胁的士兵了解了生命的脆弱和珍贵,可以算是约塞连非常重要的伴侣。(《第二十二条军规》,312 页)

达克特护士在与约塞连的情感互动中,也获得了转变和成长。曾在护士培训团接受过严格"爱国主义教育"的达克特,面对"捣乱"的邓巴,本应该不假辞色。当军队医院合谋要让邓巴"消失"之时,她也应该视为理所当然并积极配合。但达克特护士最后偷偷把消息告诉了约塞连,虽然没能阻止事情发生,但提醒了约塞连,让后者意识到"军规"世界的险恶并做好保护自己的准备。

6.3 妓女形象

在《性史》第三卷中,福柯深入研究古希腊到 20 世纪性的演变后发现,进入现代社会,之前属于私人空间的"性"逐渐进入公共领域,成为公共权力塑造和规范的对象。在正常社会场景下,只有出于繁衍目的、发生在婚姻关系中的性才会被社会认可,才会纳入道德范畴。在婚姻之外寻求不一样的性冲动被认为是性反常，背负了种种恶名。但在《二十二条军规》中，妓女、妓院的存在反而成为了某种程度的"政治正确"——面对残酷的战争，士兵们似乎更需要妓女来调节情绪。于是，小说中会出现如科弗利上校这样的军官，在罗马租房子蓄养妓女供士兵们取乐。妓女们成了战争时期的特殊附属品和性工具，存在的唯一价值就是提供性服务，其作为人的自我意识和主体性被彻底消解，如那对时刻不忘和美国大兵调情的意大利婆媳，那个穿青柠色内裤、"乐于和所有人上床"的士兵公寓的胖女佣等。但这个群体中的两个人物——露西安娜和内特利的妓女，并不能完全划到"性工具"这个范畴。（《第二十二条军规》，216 页）

6.3.1 露西安娜

严格地说，露西安娜并不是妓女，她向约塞连透露过自己在"法军办事处"上班。但两人的互动又模仿了战争小说的传统桥段——意大利妓女和美国大兵"一见钟情"，吃饭或者跳舞后"一夜情"，最后各奔东西。但不同的是，这段关系中，是身为女性的露西安娜掌控了两人的互动。

露西安娜和约塞连相识于意大利的盟军军官夜总会。"'好吧，我来跟你跳舞，'约塞连都还没来得及开口她便说道，'但是我不会让你跟我睡觉'"。就在失望的约塞连想要转移目标时，"露西安娜冷不防地把他使劲一推……这样他们还是单独在一起"。跳舞过后，露西安娜又主动要求约塞连给她买晚餐。吃完晚饭后她告诉约塞连她同意和他睡觉，但不是那个晚上。"不过你可以把住址写下来给我。明天一早我去法军办事处上班之前，会先到你的房间来跟你快快做一把。明白吗？"尽管约塞连并不相信，但露西安娜确实第二天一早出现在约塞连住处。（《第二十二条军规》，161~163 页）

甚至他们幽会的过程也是露西安娜在主导。首先，在约塞连"从床上跳起来要抓她时","露西安娜"抡起手袋朝他劈脸就是一下",抱怨他生活住处的不整洁,并做了一个妻子才会做的事情——给他"收拾房间"。然后,在约塞连"洗了手、脸,梳了头发"后,她才宣布,"现在就让你跟我睡觉吧"。最后,是约塞连"给两人点燃了香烟"。(《第二十二条军规》,167 页)

两人看似温馨和谐的气氛很快就陷入沉重。露西安娜在一次空袭中受伤,于是她一直穿着那件"裁剪得很男人"的粉红色内衣来遮蔽疤痕。当约塞连因为疼惜"用指尖追踪这道伤残的轮廓,从肩胛骨上的一个小坑延伸到接近脊椎的尾段"时,露西安娜"身体紧绷了,硬得像一块好钢"。露西安娜告诉约塞连自己身上的疤痕是美军空袭造成的,约塞连"一下子坠入情网"。因为约塞连发现,自己和露西安娜在对战争的看法上取得了一致:战争是残酷的。无论是所谓的"正义一方"还是"非正义一方",其对生命的蔑视和摧毁是一样的。在战争环境下,对性的追求可以减轻对受伤和死亡的恐惧。

随后,露西安娜和约塞连就求婚的争论使读者意识到两人也陷入了一个类似"第二十二条军规"的陷阱。约塞连的求婚遭到了露西安娜的拒绝,原因是露西安娜觉得约塞连疯了,判断的理由是约塞连想要娶自己,"没人肯要一个不是处女的姑娘"(《第二十二条军规》,168 页)。即使露西安娜和陌生人发生关系,她本身也是尊重性行为要发生在婚姻中这一传统的,所以她才会认为失去贞洁的自己是不能结婚的。换句话说,露西安娜把婚姻和性的规约内化并成为自己行动的原则,认为自己的不结婚恰恰就是在尊重婚姻传统。她"清教徒式"的婚姻观反映了她对受伤之前,甚至战争之前生活的怀念和向往。但是,如果露西安娜不受伤,她很可能就不会牺牲自己的贞洁来换取食物和性的满足,也就不会碰到约塞连,也就不会遇到约塞连的求婚。整个场景和"军规"一样,"那种螺旋式的推演……存在一种极为简略的精确"(《第二十二条军规》,45 页)。

当两人分开时，聪明而敏感的露西安娜意识到自己和约塞连极有可能无法再次见面。因为她知道约塞连就像那些美国士兵一样，认为服役的男人比平民女性高人一等，面对异国女孩时，奉行"和她们上床，然后离开她们"的惯常做法。但怀有一丝希望的露西安娜给约塞连在纸条上写下自己的地址，又满是试探地说"我一走你就会把它撕个粉碎，然后像个大人物似的走开，因为像我露西安娜这样一个高挑、年轻、漂亮的姑娘让你跟她睡了觉，却没向你要钱"（《第二十二条军规》，172 页）。结果确实如她所料，约塞连带入了美国大兵的惯常思维，在露西安娜走后就撕毁了纸条。尽管约塞连很快意识到了自己的错误，并回头寻找，但最终没能找到纸条。在战争年代，露水姻缘容易，但维持稳定的男女关系却很难，露西安娜和约塞连也是如此。无论初识多么浪漫，相处多么和谐，最终也将各奔东西，徒留一腔萧索。

露西安娜刚刚离开，约塞连就把那张纸条撕掉了，然后朝相反的方向走去，感觉自己确实像个大人物，因为像露西安娜这样一个年轻漂亮的姑娘跟他睡了觉，却没向他要钱。他对自己很是满意，不觉进了红十字会大楼的餐厅，抬眼才发现自己正同许许多多穿着各式奇异军服的军人一起在吃早餐，于是突然间周围全是露西安娜的影子：她在脱掉衣服，又在穿起衣服，狂热地爱抚着他，又唠叨地训斥个没完，身上还是那件跟他上床时穿的还不肯脱下来的粉红色人造纤维吊带内衣。想到自己刚刚犯下的大错，约塞连差点被嘴里的烤面包和鸡蛋噎死，他竟然如此无礼地将她细长、柔软、裸露、年轻而充满活力的四肢撕成细碎的纸片，还如此自鸣得意地把她丢弃在人行道边的排水沟里。他已经非常思念露西安娜了。餐厅里有那么多嘈杂而无名的穿军装的人同他在一起。他感觉到一股急切的欲望，想快快再次跟她单独在一起，于是从桌边一跃而起，跑步冲了出去，沿着那条通向公寓的街道往回奔，要从排水沟里找回那些碎纸片，可是它们早就被一个街道

清洁工用水龙头统统冲走了。(《第二十二条军规》，173 页）

6.3.2 内特利的妓女

和小说中的众多女性一样，内特利的妓女也是一个生活在"军规"统治下的被扭曲、被异化的牺牲品。她的女性、战败国公民、性工作者身份，更是将她推至社会底层，成为战争权力压迫和欺凌的对象。由无意识的反抗到最后因悲愤至极而发狂变疯的异化，她的遭遇是生活在这个荒诞世界里长期被压抑的必然结果。

和德里德尔将军的护士一样，内特利的妓女也是一个被抹杀了名字、喜好和出身的女性。她虽然"早已厌倦了自己的营生，也厌倦了内特利"(《第二十二条军规》，13 页），但还是被冠上了"内特利的妓女"这一标签，被迫和内特利的所有权联系在一起，也被迫和性工作者的职业牢牢绑定，被剥夺了主体性。内特利作为军队成员和男性，处于这段关系中的优势地位。因此，作为读者的我们，能够理解平等关系的男女、一方打着"不爱"的名头拒绝另一方，却无法认同内特利的妓女拒绝内特利的情感。也因此，当内特利的妓女赤裸着身体服务其他男性时，我们默许了海勒用"冷漠"一词来形容这名女性。当内特利"以每小时二十美元的价格跟他爱慕的那个冷漠的妓女厮混在一起，把他的薪水连同每月从他富有而慷慨的父亲那里得到的数目可观的补贴花了个精光"时，作为读者的我们也被内特利的"痴情和慷慨"所迷惑，而忽略了他从这段感情一开始就显现的大男子主义，"内特利想要的，是她不会跟任何令人反感的家伙或者他认识的人上床的一个保证"。(《第二十二条军规》，171 页）

第二十八章，在约塞连和奥尔的对话中，内特利的妓女被进一步污名化。"她喜欢布莱克上尉"，这个在军队利用"光荣的忠诚宣誓运动"迫害异己的类似麦卡锡的角色，暗示内特利的妓女也有受虐的倾向。"她（内特利的妓女）甚至把她从内特利那儿得来的钱给了他一些"，但布莱克不喜欢她，还经常羞辱甚至虐待她，进一步坐实后者有受虐倾向的事实。"他（布莱克）逼她（内特利的妓女）戴上那玩意儿（奴隶脚镯，上面刻着布莱克的名字），为的是刺激内特利。"整段对话充分反映了社会对以内特利的妓女为代表的性工作者的构建以及与此相关的边缘化。（《第二十二条军规》，335 页）

当内特利一行将她从一群以虐待妓女为乐的"军队大拿"手中解救出来时，后者终于爱上了前者，"说到底，赢得她的芳心只需做一件事——让她睡一夜好觉"（《第二十二条军规》，335 页）。她对内特利情感的回应意味着多个等级制度的瓦解。首先，内特利可以在不付出金钱的情况下随时去看她，两人的关系由上对下的嫖客——妓女关系过渡到平等的普通男女朋友关系；其次，内特利试图建立的传统的"温顺妻子，强势丈夫"的家庭关系遭到激烈的拒绝，"（她）厌烦的眼睛对着天花板直翻"（《第二十二条军规》，335 页）。虽然她接受了内特利的爱慕，但面对后者的男权压制，如不许和其他妓女在一起、不许不穿衣服、不许继续从事性服务等，内特利的妓女断然拒绝。既然内特利爱她，那么他可以回来看她，但她极力捍卫和其他男人出去以维持生计、和朋友（大多是妓女）往来的自由。

但是，这并不意味着她对内特利感情的淡薄。相反，她对内特利的感情远远超过那些认为她"冷漠"的内特利的军官朋友。在约塞连告知她内特利的死讯后，她变身成复仇女神，"发出一声悲痛欲绝的刺耳尖叫，抓起一把土豆削皮器就要刺死他（约塞连）"。在刺伤不成，和约塞连扭打耗光力气后，她"突然放声大哭起来"，带着"深沉、谦卑、令人虚弱的悲伤"。（《第二十二条军规》，424 页）

正是由于她对内特利的感情，她才无法接受内特利的死亡，并做出了令人瞠目结舌的疯狂举动。比起那些在"军规"的控制下已经变得麻木不仁、轻易就能将朋友和爱人的死亡视为理所当然的人们来说，内特利的妓女此时的疯狂更让约塞连觉得珍贵、充满了人性。

约塞连觉得自己明白了内特利的妓女为什么认定他对内特利的死负有责任，为什么要杀死他。她为什么不该这样？这是一个男人的世界，她和每一个更年轻的人都有充分的权力为降临在他们头上的一切非自然的灾难谴责他和每一个更年长的人：正如她自己，即使满怀悲伤，也应当为降临在她的小妹妹和所有比她小的孩子们头上的种种人为的苦难而受到谴责。到时候总得有人出来担当。每个受害者都是犯罪者，每个犯罪者又都是受害者，总得有人在某个时候站出来，设法打断那条危及所有人的传统习俗的可恶链条。（《第二十二条军规》，435页）

在某种程度上，内特利的妓女是约塞连精神上的导师。内特利的死，是压垮长期受压抑的内特利的妓女的最后一根稻草。在"军规"的长期控制下，人们要么变得过于冷漠，要么变得过于虚弱，从而不敢打断这条"可恶链条"。是她勇敢向前，对这个"链条"发起了进攻，也间接推动了约塞连最后的公开反抗。

第七章 结论

　　尽管《第二十二条军规》以第二次世界大战期间美国的一个飞行中队为主题，但它从未将真实的战斗场景或真实的历史事件作为描绘的重点。正如海勒在一次采访中所说，"我对《第二十二条军规》中的战争不感兴趣。我感兴趣的是官僚机构中的人际关系。"（1987）所谓的"第二十二条军规"是永远在场、无所不能的专制和残酷权威的象征。它是冷酷残暴的官僚主义，存在的意义就是产生合乎规范的"社会产品"，而不是有主体意识的个体；它是挑逗和操纵人们的残酷暴力；它既荒谬又可怖；它总是对的，而你总是错的；它总是合理的，而你总是不合理的。海勒认为战争是不道德和荒谬的，能够制造混乱，侵蚀人心。它让像克莱文杰、内特利这样无辜的人失去生命，让像卡思卡特这样贪婪又无能的人占据高位，让像沙伊斯科普夫这样僵化刻板的人得到晋升。在海勒看来，无论是战争还是官僚制度，都源于人类自己。正是人们独自为自己建造了一座权力监狱，造成了所谓的"有组织的混乱"和"系统化的疯狂"。

　　无论如何，在小说看似奇迹般的结局中，我们可以看到海勒本人实际上对人类还是怀有相当积极的态度的。从某种程度来说，这部小说算得上是约塞连逐渐成长并意识到自己生存责任的编年史。埃里克·所罗门评论道："《第二十二条军规》中永恒而疯狂的世界末日与小说家马克·吐温和纳撒尼尔·韦斯特笔下的绝望并不相同。小说结尾是充满希望的，体现了基督式的救赎感"（1969）。皮尔逊则反驳了一些学者认为的结尾荒谬的论断。她认为："那些认为《第二十二条军规》的结局是不可能和不合理的——如奥尔不能坐救生筏划船去瑞典——的批评者没有抓住重点。小说拒绝理性和抽象理性主义语言，因为它们是压迫文化用来欺骗我们的工具"（1976)。只有逃离战场，逃离主流话语，约塞连才能寻找自我，回归自我。他最后开着飞机奔向瑞典，也为身处权力话语关系网络而被重重束缚和异化的现代人，提供了另一种生存的可能。

参考文献

[1]Adam J. Sorkin. 1979. "From Papa to Yo-Yo: At War with All the Words in the World," South Atlantic Bulletin 44, no. 4.

[2]Barnard, Ken. 1970. "Interview with Joseph Heller", Detroit News Magazine, Sept. 13.

[3]Brustein, Robert. 1961. "The Logic of Survival in a Lunatic World", New Republic, Nov. 13.

[4]F.lentricehia, T.Mclaughlin. Critical Terms for Literary Study[M]. Chicago: The University of Chicago Press, 1995.

[5]Cold, Dale, "Portrait of a Man Reading", Washington Post Book World, July 20, 1969.

[6]Craig, David M. Tilting at Mortality: Narrative Strategies in Joseph Heller's Fiction [M]. Detroit: Wayne State University, 1997.

[7]Curtis Carl. Justice, Punishment, and Docile Bodies: Michel Foucault and the Fiction of Franz Kafka [D]. Doctor Thesis. The Florida State University, 2010.

[8]M.Foucault. Madness and Civilization: A History of Insanity in the Age of Reason. Trans. Richard Howard. [M]. New York: Vintage/

Random House, 1965.

[9]M.Foucault. The Archaeology of Knowledge. Trans. A.M. Sheridan Smith. [M]. New York: Pantheon Books, 1972.

[10]M.Foucault. The History of Sexuality [M]. New York: Pantheon Books, 1978.

[11]M.Foucault. Power/Knowledge: Selected Interviews and Other Writings 1972-1977 [M]. New York: Pantheon Books, 1980.

[12]M.Foucault: Beyond Structuralism and Hermeneutics.[M]. Chicago: The University of Chicago Press, 1983.

[13]Politics, Philosophy. Culture: Interviews and other Writings 1977-1984 [M]. New York: Routledge, 1988.

[14]M.Foucault. The Order of Things. [M]. New York: Vintage Books, 1994.

[15]Fox, Farrell. The New Sartre: Explorations in Postmodernism, Continuum, via Google Books, pg 169

[16]F.Samuel. Introductory Lectures on Psychoanalysis[M]. London: Penguin Books Ltd, 1991.

[17]Y.Hong. The Absurd Characters in the Absurd Society——On the Alienation of the Characters in Catch-22 [D]. MA Thesis. Hunan Normal University, 2007.

[18]J.Waldmeir. Two Novelists of the Absurd: Heller and Kesey[J], Madison: Wisconsin Studies in Contemporary Literature, 1964(3).

[19]Kiley, Frederick & McDonald, Walter. (ed.). 1973. A "Catch-22" Casebook. New York: Crowell.

[20]Krassner, Paul. 1962. "An Impolite Interview with Joseph Heller," The Realist, Nov.

[21]H.Lipeng, Analysis Catch-22's Theme Awareness [D]. MA Thesis. Hebei University, 2011.

[22]Marshament, Margaret. "The Picture is Political: Representation of Women in Contemporary Popular Culture" . Introducing Women's Studies: Feminist Theory and Practice. Ed. Victoria Robinson and Diane Richardson. London: Macmillan Press Ltd, 1997. 140.

[23]M.Robert. Joseph Heller [M]. London: Twayne Publishers, 1987.

[24]Merrill, Sam. 1975. "Playboy Interview: Joseph Heller" Playboy, June.

[25]H.T.Moore. Contemporary American Novelists [M]. Illinois: Southern Illinois University Press,1964.

[26]N.James. Critical Essays on Joseph Heller [M]. Boston: G. K. Hall, 1984.

[27]Pearson, Carol. 1976. "Catch-22 and the Debasement of Language," CEA Critic 38, no.4.

[28]P.Peng. Expounding the Military Internal Conflicts in American War Novel from the Perspective of Cultual Studies [D]. MA Thesis. National University of Defence Technology, 2010.

[29]Pinsker, Sanford. 1965. "Heller's Catch-22: The Protest of a Puer Eternis," Critique 7, no.2.

[30]S.W.Potts. From Here to Absurdity: The Moral Battlefields of Joseph Heller. [M]. California: Borgo Press, 1982.

[31]A.R.Pratt. Black Humor: Critical Essays [M]. Hamden, CT: Garland, 1993.

[32]M.Qingjuan. In Search of the Authentic Existence [D]. MA Thesis. Shandong University, 2005.

[33]Z.Qiaoqi. A Study of Postmodern Characteristics in Catch-22 [D]. MA Tesis. Hunan University, 2011.

[34]R.M.Scotto. Catch-22: A Critical Edition.[M]. New York: Delta,1973.

[35]Shapiro, James. 1971. "Work in Progress: An Interview with Joseph Heller", Intellectual Digest, Dec.

[36]Smith, Roger H. 1963. "A Review: Catch-22," Daedalus, Winter. Southern Illinois University Press.

[37] "So They Say", 1963. Mademoiselle, Aug.

[38]Solomon, Eric. 1969. From Christ in Flanders to Catch-22: An Approach to War Fiction. Texas Studies in Language and Literature.

[39]S.W. Potts. Catch-22: Antiheroic Antinovel.[M]. Boston: Twayne Publishers, 1987.

[40]Stern, Richard G. 1961. "Bombers Away," New York Times Book Review, Oct. 22.

[41]Way, Brian. "Formal Experiment and Social Discontent: Joseph Heller's Catch-22" Journal of American Studies 2, 1968.

[42]Weatherby, W. J. 1962. "The Joy Catcher", The Guardian,

Nov. 20.

[43] 张华娟 . 约瑟夫·海勒的《第二十二条军规》中的女性形象 [J]. 语文学刊（外语教育教学），2013（1）：88-89.

[44] 曹丹丹 . 理解约瑟夫·海勒——谈海勒在小说《第二十二条军规》和《出事了》中的女性主义倾向 [D]，苏州：苏州大学，2008.

[45] 曹精华 ."军规"之诈——从语用学角度对 Catch-22 的文体分析 [J]. 外语教学与研究，1995（3）：30-36，80.

[46] 赵乐甡，车成安，王林 . 西方现代派文学与艺术 [M]. 长春：时代文艺出版社，1986.

[47] 陈红梅 .《第二十二条军规》的讽刺文学特征 [J]. 重庆广播电视大学学报，2015（4）：50-56.

[48] 陈颀 . 笑声里的悲哀——海勒的幽默 [M]. 西安：陕西人民出版社 ,1989.

[49] 陈怡含 . 福柯说——权力与话语 [M]. 武汉：华中科技大学出版社，2017.

[50] 陈永国 . 海勒 [M]. 成都：四川人民出版社，2001.

[51] 成梅 . 小说与非小说：美国 20 世纪重要作家海勒研究 [M]. 北京：中国社会科学出版社，2008.

[52] 程锡麟 . 零散·荒诞·幽默——《第 22 条军规》的叙事艺术 [J]. 外国文学，2006（4）：43-48.

[53] 范煜辉 . 寻找失落的记忆——《第二十二条军规》中犹太记忆文化的书写 [J]. 湖州师范学院学报，2008（4）：59-63.

[54] 冯霞 . 异化思想在《第二十二条军规》中的体现 [C]// 外国语文论丛：第 1 辑 . 成都：四川大学出版社，2008：7.

[55] 管亚男.从福柯的生存美学视角解读《第二十二条军规》[J].辽宁工程技术大学学报（社会科学版），2014（4）：402-405.

[56] 胡晓军.《第二十二条军规》中的命名修辞 [J].名作欣赏，2014（12）130-131.

[57] 胡铁生，夏文静.后现代主义文学的不确定性特征——以《第二十二条军规》的黑色幽默叙事策略为例 [J].吉林大学社会科学学报，2015（2）：140-147，175-176.

[58] 黄文丽.解读《第二十二条军规》中的女性主义倾向 [J].名作欣赏，2014（11）：69-70.

[59] 景虹梅.黑色幽默小说主题研究 [D].济南：山东大学，2013.

[60] 蒋天平，纪琳.美国二战小说中的隐形战场——性 [J].外国文学研究，2012（5）：126-133.

[61] 李幸.从福柯的权利话语理论看《第二十二条军规》[J].文教资料，2006（9）：64-65.

[62] 林业锦.疯癫与文明的对话——论余华小说的疯癫者形象 [J].管理视窗·商业文化，2014：122-123。

[63] 福柯.规训与惩罚 [M].刘北成，杨远婴，译.北京：生活·读书·新知三联书店，2012.

[64] 刘合利.论《第二十二条军规》中女性人物的异化 [J].华北水利水电学院学报（社科版），2012（2）：121-123.

[65] 马菊玲.错位的指称 游走的自我——《第二十二条军规》人物认知建构探微 [J].外国语文，2011（2）：42-47.

[66] 孟庆娟.追寻真实的存在——评论约瑟夫·海勒的《第二十二条军规》[D].济南：山东大学，2005.

[67] 邵娟萍，蒋向勇.《第二十二条军规》中性别隐喻的幽默演绎 [J]. 电影文学，2008（19）：86-87.

[68] 唐珍珍. 从被扭曲了的女性形象看《第二十二条军规》中的男权主义思想 [J]. 牡丹江教育学院学报，2012（3）：12-13.

[69] 童庆炳. 维纳斯的腰带 [M]. 上海：上海文艺出版社，2001.

[70] 王治河. 福柯 [M]. 长沙：湖南教育出版社，1999.

[71] 王祖友. 我国学者对海勒的解读和接受——纪念约瑟夫·海勒逝世 10 周年 [J]. 外语研究，2009（3）：108-111.

[72] 汪小玲. 美国黑色幽默小说研究 [M]. 上海：上海外语教育出版社，2006.

[73] 王欣. 权力、荒谬、个体悲剧——《第二十二条军规》的解读 [J]. 译林（学术版），2012（4）：87-94.

[74] 王琰. 清醒者与适应者的生存——解读《第二十二条军规》中的人物 [J]. 商丘职业技术学院学报，2009（6）：71-72.

[75] 王祖友. 后现代的怪诞：海勒小说研究 [M]. 厦门：厦门大学出版社，2009.

[76] 威廉·曼彻斯特. 1932-1972 年美国实录：光荣与梦想 [M]. 朱协，译. 北京：北京商务印书馆，1988.

[77] 吴猛. 福柯话语理论探要 [D]. 上海：复旦大学，2003.

[78] 吴荣兰. 父权制桎梏下的他者和受害者 [J]. 湘潮，2007（6x）：46-48.

[79] 肖谊. 约瑟夫·海勒《第二十二条军规》中的莎士比亚母题 [J]. 外语研究，2016（2）：92-96，112.

[80] 薛玉凤.《第二十二条军规》中的偏离现象阐释 [J]. 解放军外国语学

院学报，2006（2）：85-89.

[81] 云玲，郭楼庆.《第二十二条军规》中支配性男性气质的建构 [J]. 外语研究，2012（5）：96-99.

[82] 张芳芳.《第二十二条军规》中权力机制的运行 [J]. 上海电力学院学报，2014（52）：136-138.

[83] 赵启光."黑色幽默"的艺术手法 [J]. 天津师院学报，1981（1）：27-33.

[84] 张娟.《第二十二条军规》的荒诞艺术 [J]. 外国文学，2003（2）：84-89.

[85] 周弘. 黑色幽默与海勒《第二十二条军规》的荒诞艺术 [J]. 漯河职业技术学院学报，2014（6）：73-74.

[86] 周宜生. 被侮辱与被损害的——《第二十二条军规》中的女性形象分析 [J]. 长江大学学报（社科版），2013（3）：16-18.

[87] 朱九扬. 从语言游戏看《第二十二条军规》的语言特点 [J]. 徐州教育学院学报，2005（2）：107-109.

[88] 朱正玲. 论约瑟夫·海勒《第二十二条军规》中悖论艺术的作用与效果 [J]. 安徽文学（下半月），2012（11）：34-35.